LA AVENTURA DE LOS BALBUENA
EN EL LEJANO OESTE

Roberto Santiago

Ilustraciones de Enrique Lorenzo

LITERATURA**SM**•COM

Primera edición: octubre de 2015
Cuarta edición: abril de 2016

Edición ejecutiva: Gabriel Brandariz
Coordinación editorial: Berta Márquez
Coordinación gráfica: Lara Peces

© del texto: Roberto Santiago, 2015
© de las ilustraciones: Enrique Lorenzo, 2015
© Ediciones SM, 2015
    Impresores, 2
    Parque Empresarial Prado del Espino
    28660 Boadilla del Monte (Madrid)
    www.grupo-sm.com

ATENCIÓN AL CLIENTE
Tel.: 902 121 323 / 912 080 403
e-mail: clientes@grupo-sm.com

ISBN: 978-84-675-8284-0
Depósito legal: M-28245-2015
Impreso en la UE / Printed in EU

Me llamo Sebastián Balbuena, igual que mi padre y mi abuelo y mi bisabuelo.

Creo que mi tatarabuelo también se llamaba Sebastián Balbuena, pero no estoy seguro.

Todo el mundo me llama Sebas.

Tengo once años, y en este momento una docena de indios sioux me persiguen a caballo con la intención de arrancarme la cabellera.

Estoy subido en una bicicleta roja.

Huyendo.

Pedaleando con todas mis fuerzas.

No es una bicicleta cualquiera.

Es la Kawasaki 3W2, con sistema de transmisión hidráulico de última generación, ocho marchas, sillín aerodinámico, llantas de aleación de acero y cambio de marchas alemán.

Me ajusto las gafas y muevo mis piernas todo lo deprisa que puedo.

Los sioux están cada vez más cerca.

Escucho sus gritos de guerra. El galope de sus caballos.

Sin dejar de pedalear, giro la cabeza.

A mi lado está mi vecina María, subida en una bicicleta exactamente igual que la mía.

Ella se pone en pie sobre la bici y también pedalea con todas sus fuerzas.

María tiene once años, igual que yo.

Es muy morena y muy rápida, juega muy bien a la Play y cada vez que sonríe le salen unos hoyuelos muy graciosos a ambos lados de la boca.

Yo creo que es la más simpática y la más rápida y la más guapa de mi bloque y de mi colegio.

Seguramente, mi hermana Susana no estaría de acuerdo.

Mi hermana está convencida de que ella es la más guapa y la más simpática y la más todo.

Aunque ahora ya da igual. Si los sioux nos alcanzan, se acabó todo.

María cruza una mirada conmigo.

Creo que los dos pensamos lo mismo.

Por mucho que tengamos bajo nuestros pies las nuevas y relucientes Kawasaki 3W2...

¡No tenemos escapatoria!

Estamos en un paraje impresionante: el Valle de los Profetas.

Un lugar sagrado, por lo visto.

Una llanura kilométrica rodeada de colinas y montañas, en la que solo hay tierra y cactus.

Los sioux nos pisan los talones.

En ese preciso instante, una flecha afilada pasa rozándome.

No me ha dado por muy poco.

Estos indios no se andan con tonterías.

Da igual que seamos niños.

Da igual que no nos conozcan de nada.

Creen que somos sus enemigos, y solo tienen una idea en la cabeza: acabar con nosotros y cortarnos la cabellera.

María y yo seguimos pedaleando sin parar.

Cada vez más y más flechas pasan cerca de nosotros.

Una flecha con una pluma de color verde se clava directamente en el guardabarros trasero de mi bicicleta.

Es cuestión de segundos que se nos echen encima.

Que nos atrapen.

Y que acaben con nosotros.

Prometo que no hemos hecho nada malo.

Pero el caso es que los sioux creen que sí.

Están convencidos de que hemos profanado las tumbas de sus antepasados.

Sus gritos cada vez están más cerca.

Es imposible que dos niños en bicicleta puedan escapar de un puñado de pieles rojas galopando sobre sus caballos.

No hay nada que hacer.

Me preparo para lo peor.

Están a punto de atraparnos.

De atravesarnos con una flecha.

O de clavarnos una de sus mortíferas hachas.

Van a caer sobre nosotros.

Ya.

Y entonces...

Justo en ese momento...

Los gritos desaparecen.

Ya no hay flechas silbando cerca de nosotros.

El galope de los caballos se escucha más y más lejos.

¿Qué ha ocurrido?

Sin dejar de pedalear, echo un vistazo atrás.

Y lo que veo me deja atónito.

Los indios han dado media vuelta y galopan en dirección contraria.

–¡Se están marchando! –grito.

–¿Eh? –pregunta María.

–¡Se van! –vuelvo a gritar–. ¡Los indios han dado media vuelta!

Detengo al fin mi bici.

María también detiene la suya.

Los dos contemplamos a nuestros perseguidores.

Alejándose.

Ahora incluso galopan más deprisa que antes.

Solo que en dirección contraria.

–¿Tú crees que se han arrepentido? –me pregunta María.

—A lo mejor les hemos dado pena —digo yo, encogiéndome de hombros—. O se han acordado de alguna cosa urgente: mira cómo corren.

María y yo nos miramos, sin estar muy convencidos.

Enseguida tenemos la respuesta.

Un temblor empieza a sacudir la tierra.

Primero es un rumor sordo.

Poco a poco, se transforma en un enorme estruendo.

Volvemos la vista al frente.

Detrás de una loma, aparece una gigantesca nube de polvo.

Justo delante de nosotros.

El suelo se mueve bajo nuestros pies.

¿Un huracán?

¿Un tornado?

Nada de eso.

Algo mucho peor.

¡Una estampida de bisontes!

¡Y vienen directos hacia nosotros!

De hecho, los tenemos casi encima.

Por eso habían dado la vuelta los sioux.

Son cientos, tal vez miles de bisontes.

Para el que no haya visto nunca un bisonte, solo diré una cosa: ¡dan mucho miedo!

Es uno de los animales más grandes y descomunales que existen. Cada uno pesa más de mil kilos.

Sí, sí: ¡mil kilos!

Y pueden correr a una velocidad desproporcionada para su tamaño.

Una manada entera corría en esos instantes hacia nosotros.

Ahora sí que no teníamos nada que hacer.

Los bisontes nos iban a aplastar en pocos segundos.

María y yo nos quedamos paralizados.

La miré y dije lo único que se me ocurrió:

—María, no sé si es el momento, pero quiero que sepas que a pesar de lo que dicen algunos en el colegio... a pesar de lo que hayas oído... te aseguro... te prometo que...

—¿Qué? —me preguntó ella.

Allí en medio.

En el Valle de los Profetas.

A punto de ser aplastado por una estampida de bisontes.

Dije las que tal vez podían ser las últimas palabras de mi vida:

–Nunca he hecho manitas con Raquel Pastor, de 5º B.

No es fácil de explicar.

Así que lo voy a decir directamente.

Sin rodeos.

He viajado en el tiempo a través de un agujero negro.

Lo voy a repetir, por si alguien no lo ha entendido.

He cruzado el tiempo y el espacio a través de un agujero negro.

Así, como suena.

Un verdadero agujero negro.

Como esos que estudian los científicos.

Solo que yo no lo he estudiado.

Yo he viajado de verdad por su interior.

He retrocedido ciento cincuenta años en el tiempo.

Y he aparecido a 10.000 kilómetros de mi casa.

Todo ha ocurrido a través de un agujero negro que hay en Moratalaz.

A lo mejor a algunos les suena raro.

No me extraña.

A mí también me parece rarísimo.

Además, no he viajado solo.

Han venido conmigo mi padre, mis hermanos, mi vecina Mari Carmen y su hija María.

Antes de seguir, quiero decir una cosa: todo lo que voy a contar aquí es verdad.

Absolutamente todo.

Podría inventarme muchas cosas para quedar mejor, o para parecer más valiente, o más listo, o lo que sea.

Pero os aseguro que en esta historia la verdad es muchísimo más interesante que todo lo que yo me pueda inventar.

Voy a empezar por el principio:

Nací en Moratalaz, que es un barrio de Madrid que tiene edificios muy altos y que es famoso porque allí nació el cantante Melendi, y también porque tenemos el récord Guinness a la paella más grande del mundo, que se comieron más de cien mil personas un domingo.

Mi padre se llama Sebastián Balbuena, igual que yo, y es policía municipal.

Mi hermano mayor se llama Santi, tiene quince años y se pasa el día dándome collejas y capones.

Mi hermana Susana es la pequeña (acaba de cumplir diez) y es la única chica de la familia.

Mi madre murió hace mucho tiempo.

Cuando yo era muy pequeño.

Pero esa es otra historia.

El caso es que esto que voy a contar no ocurrió en Moratalaz.

Ocurrió en un sitio que está mucho más lejos.

Un sitio donde la gente va a caballo y lleva pistolas colgadas de la cintura, y los sioux te persiguen a caballo en cuanto te descuidas.

El salvaje Oeste.

Sí, el Oeste.

El de los vaqueros y los indios.

Con el sheriff.

Y los cowboys.

Y el saloon.

Y el séptimo de caballería.

Y los sioux.

No sé cómo sonará así dicho.

Pero es la pura verdad.

Todo es muy emocionante.

Es como vivir dentro de un videojuego, o en una película.

Aunque también tiene algunos inconvenientes.

Si te descuidas, te pegan un tiro al cruzar la calle.

O te arrancan la cabellera.

O una manada descontrolada de bisontes te puede aplastar.

Vale, sí. Todos los días vivo un montón de aventuras.

Estoy rodeado de caballos, de tiroteos, de forajidos de leyenda, de indios salvajes... y todo es muy emocionante.

Pero a veces echo de menos mi casa de Moratalaz.

Echo de menos ir al colegio con mis amigos.

Jugar al fútbol en el patio.

Pasear por el centro comercial.

Ir al cine.

Jugar a la Play.

Y muchas otras cosas.

De eso justamente va toda esta historia.

De nuestras aventuras lejos de casa.

Y también de los intentos para regresar a nuestro hogar.

Mi padre siempre me decía que nunca aprecias de verdad lo que tienes hasta que lo pierdes.

—Sebas, escucha atentamente —me dijo un día mientras estábamos cenando pizza a los cuatro quesos—. Nunca aprecias de verdad lo que tienes hasta que lo pierdes. Ya te digo.

Luego, le dio un mordisco a la pizza.

Mi padre repitió aquella frase muchas otras veces.

Mi padre es muy de repetir las cosas.

Yo no le prestaba atención cuando lo decía.

Pues bien.

Ahora puedo decirlo, aunque me fastidie.

Mi padre tenía razón.

Echo de menos un montón de cosas.

Cosas que tenía, pero que no me daba ni cuenta de que las tenía.

Como mis amigos del colegio.

O las competiciones de skate.

O los partidos de fútbol.

O las partidas con la Play.

O ver una película con mi vecina María.

O...

Pero bueno, me estoy repitiendo.

A lo mejor yo también soy como mi padre, y me gusta repetir las cosas.

No estoy seguro.

El caso es que todo empezó, como ocurre casi siempre, un día normal y corriente.

Estábamos en el supermercado de mi barrio y...

3

El supermercado más grande de mi barrio se llama Dos Torres.

No tengo ni idea de por qué se llama así, la verdad. Es un edificio de una sola altura, y no tiene ni una torre, ni dos torres, ni nada que se parezca a una torre.

Aquel domingo, toda la familia fuimos a comprar.

Con nosotros vinieron nuestras vecinas: Mari Carmen y su hija María.

De María ya he hablado antes.

Somos vecinos.

Vamos al mismo colegio.

A la misma clase.

Es muy simpática y muy guapa.

Siempre me gana a la Play.

Cuando me gana, sonríe y aparecen sus dos hoyuelos a ambos lados de la boca.

A mí me encanta mirar esos hoyuelos.

Aunque eso nunca se lo he dicho.

Su madre, Mari Carmen, es muy amiga de mi padre.

Muchos fines de semana hacemos planes todos juntos, como ir de excursión, o a visitar monumentos, o ir al zoo, o a muchos otros sitios.

–Venga, Sebastián, reconoce que hago la mejor paella con conejo del mundo –dijo un día Mari Carmen.

Ese domingo habían venido a comer a casa, y Mari Carmen había hecho paella.

–Ya te digo –respondió mi padre.

Luego, los dos se fueron a la cocina a fregar los platos.

–Tu madre está coladita por mi padre –dijo mi hermana mirando a María.

Ella enseguida contestó:

–¡Pero qué dices, si es al revés! Tu padre no hace más que mandar mensajes a mi madre a todas horas.

–Eso es mentira –respondió Susana–. Tu madre se pasa el día viniendo a nuestra casa con postres y comidas, buscando excusas para acercarse a mi padre.

–¡Por favor! –dijo María–. Pero si tu padre nos invita todas las semanas a alguna excursión o a dar un paseo por el campo o lo que sea.

–Bueno –intervine yo–. A lo mejor es cosa de los dos.

–¡Lo que me faltaba por oír! Que te pongas de su parte –dijo Susana–. Claro, como María también va detrás de ti, pues estás ciego. De tal palo, tal astilla. La madre y la hija persiguiendo a los Sebastián Balbuena, una al padre y la otra al hijo.

–¡Te has pasado, Susana! –dije yo, que me había puesto rojo como un tomate.

María miró a otra parte, sin decir nada.

–Vaya, vaya, vaya –dijo mi hermano Santi mientras chateaba por el móvil, tirado en el sofá–. Yo creía que eran papá y el enano los que estaban babeando detrás de las vecinitas.

–¡Santi! –dije yo.

–No le hagas ni caso –dijo mi hermana–. Santi no tiene ni idea. Son ellas dos. Además, mira: María se queda callada porque sabe que estoy diciendo la verdad.

–Si me quedo callada es por una sola razón –dijo María muy tranquila–: porque cuando una niña pequeña dice tonterías, es mejor no responder.

Susana y María casi siempre están picadas.

María solo tiene un año más que Susana, pero le encanta recordarle que es mayor.

Susana es un poco listilla y se mete con ella por cualquier motivo.

El caso es que se pasan el día discutiendo.

Yo intento no meterme en medio.

–¡Ja! –dijo Susana–. Pues que sepas una cosa: con mi hermanito Sebas no tienes nada que hacer. Todo el mundo sabe que le gusta Raquel Pastor, de 5º B.

¿¡Eh!?

¿Raquel Pastor?

¿A mí?

Raquel era una pelirroja de mi colegio con la que a veces iba a montar en monopatín, y una vez también habíamos ido juntos al cine.

Vale, otra vez había ido a estudiar matemáticas a su casa; pero eso no tiene nada que ver.

Raquel Pastor no me gustaba nada de nada.

Eso que quede claro.

–Voy a llamar a Pakete –dijo Susana acercándose al ordenador–, a ver qué opina él.

Susana se puso delante del ordenador y abrió el Skype.

Pakete era el hijo de un amigo de mi padre, y también era nuestro amigo.

En realidad se llamaba Francisco.

Pero todos le llamábamos Paco, o Pakete, porque había fallado cinco penaltis en la liga de fútbol que jugaban.

Pakete tenía once años, igual que yo, y habíamos vivido muchas aventuras con él.

Pero bueno, que me estoy liando.

Ya lo he dicho y lo repito:

A mí no me gustaba ni Raquel Pastor ni ninguna otra chica del colegio.

–¿Te has enterado, hermanita? –dije yo–. ¡A mí no me gusta ninguna chica del mundo!

–¡Eso es lo mismo que digo yo siempre! –contestó una voz desde la pantalla del ordenador.

–¡Pakete! –dijo Susana hablando al ordenador–. ¡Qué alegría! Mira, que estamos aquí discutiendo si a mi hermano le gusta o no le gusta una chica del colegio, y me he acordado de ti. A lo mejor... ya sabes... a lo mejor es porque como tú y yo... ya me entiendes...

El verano pasado, mi hermana Susana le había dado un beso a Pakete delante de todo el mundo, y desde entonces no hacía más que repetir que él estaba colado por ella.

–Pues eso, Pakete –dijo Susana–, que como tú ya tienes experiencia en estas cosas, y yo te gusto, pues a lo mejor podías ayudar a mi hermano, que está hecho un lío... Porque además de Raquel Pastor, está el tema de nuestra vecina María, aquí presente, que le sigue a todas partes. Y, claro, no sabe qué hacer...

–Un momento, un momento –dijo Pakete–. ¿Has dicho que tú me gustas? ¿A mí?

–Eso lo sabe todo el mundo –dijo Susana sonriendo.

–Una cosa es que me dieras un beso delante de todos, y sin avisar, que ya te vale –dijo Pakete–, ¿pero de dónde te sacas que tú me gustas? Si yo nunca he dicho nada parecido...

–Pobre –dijo Susana–. Claro, le da vergüenza reconocerlo aquí delante de todos...

–Hola. Soy María, la vecina. Quería decir que yo no sigo a Sebas a todas partes ni sigo a nadie –dijo María asomándose a la cámara del ordenador–. Ah, y ya me extrañaba a mí que a alguien le gustara Susana...

–No te he dado permiso para hablar por mi ordenador –dijo Susana–, ni por mi Skype, ni con mi amigo Pakete...

–A lo mejor tienes miedo de que te lo quite –dijo María sonriendo.

–¡Ahí va, qué hoyuelos tan bonitos te salen al sonreír! –dijo Pakete.

¡Eso sí que no!

Me daba igual que dijeran cosas de mí y de Raquel Pastor.

Incluso me daba igual que mi hermana dijera que ese ordenador era suyo, aunque me lo habían traído a mí de regalo en las últimas Navidades.

Pero que Pakete le dijera a María lo que yo nunca me había atrevido a decirle: que tenía unos hoyuelos preciosos... ¡Por ahí no!

–¡Ya está bien! –dije estallando–. ¡Ni me gusta Raquel Pastor ni ninguna chica del colegio ni de ningún sitio! ¡Es más: nunca me va a gustar ninguna chica! ¿Está claro? ¡Y los hoyuelos de María son los hoyuelos más bonitos del mundo! No hace falta que venga cualquiera por Skype a decirlo, eso ya lo sabíamos todos.

Se hizo el silencio.

Todos me miraron.

–Sebas, ¿estás bien? –me preguntó María.

–Mira, Sebas –dijo Pakete–. Eso que has dicho es lo que yo siempre repito cuando hay alguna chica que me gusta. Negarlo no sirve de nada.

–Exacto –dijo Susana mirándole muy fijamente.

–No me refería a ti –dijo Pakete.

–Se acabó –dije.

Me acerqué al ordenador y corté la conexión con Pakete.

De golpe.

En ese momento no lo sabía, pero íbamos a tardar mucho en volver a hablar con él.

–Vaya, enano. Las tienes a todas loquitas, ¿eh? –dijo mi hermano desde el sofá.

Yo iba a contestar.

Iba a decir que el próximo que hablara de Raquel Pastor o de cualquier otra chica tendría que vérselas conmigo.

Pero en ese momento volvieron al salón mi padre y Mari Carmen.

Y pronunciaron las palabras mágicas.

Kawasaki 3W2.

Casi se me caen las gafas al suelo al escuchar aquello.

Y me olvidé de todo lo demás.

¡Kawasaki 3W2!

¡La bicicleta que llevaba pidiendo desde el verano pasado!

¿Por fin me la iban a comprar?

–Hemos pensado que vamos a comprar una para cada uno –dijo mi padre.

–Seis bicicletas iguales –añadió Mari Carmen–. ¿A que es una idea genial?

–Pero... pero... yo llevo pidiendo esa bicicleta desde hace un año –dije.

–Ya te digo –respondió mi padre.

Por si alguien todavía no se ha dado cuenta, mi padre repite a todas horas las mismas palabras:

«Ya te digo».

Lo dice siempre.

Para cualquier cosa.

Tanto si está de acuerdo.

Como si no.

Es su respuesta favorita: «Ya te digo».

—Eso es estupendo, Sebas —dijo Mari Carmen—. Por fin vas a tener tu bici...

—No es una «bici» —protesté—, es la Kawasaki 3W2.

—Pues eso, la Kawasaki —dijo Mari Carmen—. Y no solo la vas a tener tú: también tus hermanos, y María, y hasta tu padre y yo. ¡Todos con una Kawasaki para que podamos ir juntos de paseo!

—Ya te digo —dijo mi padre.

—Yo paso —dijo Santi.

—Yo preferiría una guitarra eléctrica —dijo Susana, que tocaba fatal todos los instrumentos del mundo, pero que se empeñaba en aporrear el piano, y el trombón, y ahora le había dado por la guitarra.

—Aquí nadie pasa —zanjó mi padre—. Nos vamos ahora mismo al súper a comprar seis kawasakis. Es la mejor idea que hemos tenido desde hace años.

Y así fue como ocurrió.

Un domingo aparentemente normal y corriente.

Fuimos al supermercado más grande de Moratalaz.

Dos Torres.

Íbamos a comprar unas bicicletas.

Lo que no sospechábamos era que aquel domingo, en aquel supermercado, iba a ocurrir algo que cambiaría nuestras vidas para siempre.

Íbamos a viajar en el tiempo.

A través de un agujero negro que apareció de pronto en el parking del supermercado.

4

Allí estábamos los seis.

Con nuestras bicicletas Kawasaki 3W2 nuevas y relucientes.

Salimos del Dos Torres todos al mismo tiempo.

Mi padre.

Mari Carmen.

Mi hermano Santi.

Mi hermana Susana.

Mi vecina María.

Y yo.

Íbamos caminando.

Cada uno empujaba su bicicleta.

Parecíamos caminar a cámara lenta.

Como en esos anuncios donde unas personas van andando muy despacio y los demás los observan.

Con la mirada al frente.

Orgullosos.

Salimos por la puerta principal del supermercado, para que todos nos vieran.

Pasamos entre la multitud que estaba por allí haciendo la compra, empujando carritos, arrastrando bolsas.

Nos cruzamos con decenas de personas que parecían apartarse a nuestro paso, que se giraban al vernos con nuestras seis bicicletas igualitas.

Éramos los propietarios de seis Kawasaki 3W2.

No había muchas familias que tuvieran seis ejemplares iguales.

A lo mejor éramos los únicos en todo el mundo en tener seis Kawasaki 3W2 de color rojo.

Estábamos en mitad del parking.

Subimos en nuestras bicicletas.

Los seis al mismo tiempo.

Era un momento histórico.

No había nada que decir.

Solo empezar a pedalear.

Y eso fue lo que hicimos.

Subirnos a nuestras bicis y pedalear.

Entonces ocurrió algo que lo cambió todo.

De pronto, se escuchó un ruido en el cielo.

Miramos hacia arriba.

Estaba muy oscuro.

Se volvió a escuchar un ruido.

Luego, un enorme resplandor blanco cubrió la zona.

–Es una tormenta eléctrica –dijo Mari Carmen.

–Ya te digo –respondió mi padre.

–Habrá que ponerse a cubierto antes de que empiece a llover –dijo Santi.

–En las tormentas eléctricas normalmente no llueve –explicó Susana, que siempre sabe de todo más que nadie–. Solo hay rayos y truenos.

–Bueno, por si acaso –insistió mi hermano.

–Hala. En marcha, pues –dijo mi padre.

Los seis comenzamos a pedalear en nuestras kawasakis.

Dispuestos a salir de allí.

Pero solo pudimos avanzar unos pocos metros.

Porque de pronto, justo delante de nosotros...

Muy pero que muy cerca de donde estábamos...

¡Cayó un rayo!

Un rayo descomunal.

El rayo más grande y gigantesco que os podáis imaginar.

Todo el parking se volvió de color blanco.

Un blanco muy intenso.

Una luz cegadora.

Yo me llevé una mano a los ojos, mientras con la otra seguía sujetando el manillar de la bicicleta.

No podía ver absolutamente nada.

Solo una luz muy blanca.

Seguí pedaleando, pero no sabía dónde estaba.

No veía nada ni a nadie.

No se escuchaba nada.

Tenía una sensación extraña, me costaba respirar.

Era como si todo se hubiera detenido.

El tiempo.

El mundo entero.

Todo sucedió en un abrir y cerrar de ojos.

Muy deprisa.

Noté que el suelo desaparecía bajo mis pies.

Que una fuerza desconocida me empujaba.

Después pude sentir el latido de mi corazón, que se aceleraba.

Y a continuación, nada.

Absolutamente nada.

No sé explicarlo.

Estaba suspendido en mitad del vacío.

Agarrado a mi Kawasaki.

Flotando.

No podía avanzar ni retroceder.

No podía ver nada.

Mis gafas solo reflejaban una luz muy intensa.

Duró unos pocos segundos.

Enseguida caí.

Caí...

Caí...

Caí...

Hasta que aterricé.

De golpe.

Y todo volvió a ser real.

El suelo.

El cielo.

El viento sobre mi rostro.

Estaba subido en mi bicicleta.

Mi padre y mis hermanos y mis vecinas también estaban a mi lado en sus kawasakis.

Solo que ya no estábamos en el parking del Dos Torres.

Nos encontrábamos en un sitio muy diferente.

Escuché una voz delante de mí.

–¿Quién diablos son estos?

Levanté la vista.

Cuatro hombres muy grandes, vestidos con botas y espuelas, pantalones y gabardinas muy viejas, y unos sombreros sucios y desgastados, nos observaban.

Uno de ellos, que tenía una barba negra y poblada, gritó:

–¿Quién diablos sois vosotros, si se puede saber?

Me fijé en que los cuatro tipos llevaban unas pistolas enormes colgando de sus cartucheras.

Pude escuchar otra voz detrás de mí.

–¿Quiénes sois, gusanos?

Me giré.

Detrás de nosotros había un tipo larguirucho, completamente vestido de negro, con un sombrero de ala ancha, también negro, que casi le cubría el rostro.

El hombre tenía las dos manos a ambos lados del cuerpo.

Muy cerca de sus dos pistolas enfundadas.

Crucé una mirada con María.

Ella parecía tan asustada como yo.

¿Qué estaba pasando?

¿Dónde estábamos?

–Somos los Balbuena, buen hombre –dijo mi padre, que permanecía subido en su bicicleta.

–Y aquí unas vecinas: Mari Carmen y María, encantadas –añadió Mari Carmen.

Nadie dijo nada más.

En menos de un segundo, comenzó un terrible tiroteo.

HACE UN MOMENTO ESTÁBAMOS
EN EL PARKING DEL DOS TORRES, Y AHORA...
¡ESTÁBAMOS EN MEDIO DE UN AUTÉNTICO
DUELO DEL OESTE!

A UNO Y OTRO LADO,
LOS PISTOLEROS SE MIRARON
DESAFIANTES.

5

¿QUIÉN SERÍA EL PRIMERO
EN DESENFUNDAR?

¿QUIÉN SE ATREVERÍA
A DAR EL PRIMER PASO?

ENTONCES...

AQUEL ESTORNUDO FUE
EL PRINCIPIO DE TODO.

NADIE SE MOVÍA.

EL LARGUIRUCHO VESTIDO DE NEGRO SACÓ SUS DOS PISTOLAS AL MISMO TIEMPO.

LAS BALAS SILBARON A NUESTRO ALREDEDOR.

LOS CUATRO BARBUDOS
NO TUVIERON NI SIQUIERA
TIEMPO PARA DESENFUNDAR.

QUEDARON TIRADOS EN EL SUELO, ACRIBILLADOS A BALAZOS.

ASÍ ERA EL OESTE:
EN CUALQUIER MOMENTO PODÍAN
METERTE UNA BALA ENTRE CEJA Y CEJA.

NOSOTROS SEIS ESTÁBAMOS PERPLEJOS. A NUESTRO ALREDEDOR EMPEZÓ A APARECER GENTE: HOMBRES, MUJERES, NIÑOS...

ENTONCES ME DI CUENTA.

ESTÁBAMOS EN MITAD DE UNA CALLE POLVORIENTA DE UN PUEBLO DEL OESTE.

EN ESE MOMENTO NO LO SABÍA, PERO ESTÁBAMOS EN BLACK ROCK, UNO DE LOS PUEBLOS MÁS SALVAJES DEL SALVAJE OESTE.

Cerró la puerta de la celda y echó la llave.

–¿Estamos detenidos? –preguntó Santi.

–Eso mismo: detenidos –dijo el sheriff, un hombre muy gordo que se movía muy despacio y que llevaba su estrella en la solapa del chaleco de cuero.

No soltaba en ningún momento una escopeta de cañones recortados.

–No hace falta que nos apunte con esa arma –dijo mi padre–. En confianza, le diré que yo también soy agente de la ley: soy policía municipal.

–¿Policía qué? –preguntó el tipo, como si mi padre hubiera hablado en chino.

–Policía municipal, de Moratalaz –trató de explicar mi hermano Santi.

–¿Eso qué es? ¿Algún pueblo mexicano? –preguntó el sheriff, que no dejaba de apuntarnos aunque estábamos encerrados en una celda.

–¡Ja, ja, ja! ¡Qué gracioso! ¡Mexicano! –dijo Mari Carmen–. Bueno, ya puede decirnos la verdad. ¿Todo esto qué es? Un rodaje de alguna película o una serie de televisión, ¿verdad? ¿Esos hombres de ahí fuera eran actores?

El hombre retrocedió dos pasos.

–¿Película? ¿Televisión? –preguntó–. Miren, como sigan diciendo cosas raras, dejaré que una pandilla de borrachos entren y los cuelguen del cuello para divertirse.

Los seis estábamos encerrados en una pequeña celda con barrotes viejos y oxidados.

Nos miramos sin entender nada.

–¿Puedo hacerle otra pregunta sin que se moleste? –dije yo mirando al sheriff–: ¿Dónde estamos exactamente?

–Es la pregunta más rara que me han hecho en toda mi vida, y le puedo asegurar que me han preguntado cosas muy extrañas –respondió mientras cerraba un armarito con varios rifles–. Están ustedes en Black Rock, Dakota, año 1870 del Señor. Yo soy el sheriff Ambus Johnson, y van a pasar la noche entre rejas hasta que decida qué hacer con ustedes y con esos extraños artefactos.

–¿Ha dicho año 1870? –preguntó Mari Carmen, asustada.

Parecía que iba a desmayarse.

–¿Dakota, Estados Unidos? –preguntó Susana.

–¿Es una broma? –dijo Santi.

–¡Se acabaron las preguntas! –bramó el hombre–. Estoy hablando muy en serio. Si continúan diciendo cosas raras, me ocuparé personalmente de que los cuelguen a los seis del cuello antes del amanecer.

Nos quedamos en silencio.

Yo levanté la mano.

–Disculpe –dije–. No quiero molestarle, pero esos «artefactos» son bicicletas Kawasaki 3W2, con sistema de transmisión de

grafito y cambio de marchas alemán. Son muy delicadas. No sé dónde las han dejado, pero no conviene que se mojen.

–Definitivamente, voy a buscar una buena soga. ¿No hay manera de que se callen un momento?

El sheriff Ambus cogió de nuevo su escopeta y se dirigió a la puerta de salida.

–¡Oiga, no pensará dejarnos aquí solos en esta celda! –gritó Mari Carmen–. ¡Ni siquiera tiene un cuarto de baño!

Ambus la ignoró y abrió la puerta de la calle.

–Voy a tomar un trago de whisky –dijo–. Si cuando vuelva siguen igual, tomaré medidas. Se lo advierto.

–¿Bebiendo alcohol en horas de servicio? –preguntó mi padre.

–Y además, ¿por qué nos ha metido en la cárcel? –preguntó María–. No hay ninguna razón.

–Claro que hay una razón, niña. Una razón muy importante: que soy el sheriff y meto en la cárcel a quien me da la gana, cuando me da la gana. Así funcionan las cosas.

–Qué envidia –dijo mi padre susurrando–. Bebe whisky, hace lo que le da la gana sin dar explicaciones...

–Oiga, Ambus –dije yo–, ¿y por qué no ha detenido al tipo ese del sombrero negro que se ha cargado a cuatro hombres hace un momento?

Ambus Johnson empezó a reírse.

No podía parar.

–Ja, ja, ja, ja, ja, ja, ja, ja, ja... Claro, claro... Quieres que meta en la cárcel al Reverendo Garrett. Ja, ja, ja, ja, ja, ja, ja, ja, ja.

Parecía que se iba a descoyuntar de tanto reírse.

Su enorme barriga se movía al ritmo de la risa.

Y así, riéndose sin parar, salió a la calle y cerró la puerta.

De un portazo.

Nos quedamos solos en aquella cárcel pequeña y mugrienta.

–Por lo menos le he hecho reír –dije.

Mari Carmen parecía en shock.

–¿Es que no le habéis oído? ¡Ha dicho que estamos en 1870! ¡En un pueblo de Dakota! –dijo.

–Bueno, mamá, la gente dice muchas cosas –dijo María, intentando parecer tranquila.

−¡Santi, como esto sea cosa tuya y de los gamberros de tus amigos, te vas a enterar! −dijo mi padre.

−¿Pero cómo va a ser cosa mía? −protestó mi hermano−. Una cosa es hacer una fiesta toga en casa cuando no estás, y otra muy distinta es... es... viajar en el tiempo... y aparecer en un pueblo del Oeste.

−Hace poco vi un documental muy interesante sobre viajes en el tiempo −dijo Susana−. Por lo visto, hay agujeros negros en muchos lugares de la galaxia, que conectan el espacio y el tiempo remoto... Lo que no sabía es que podía haber uno en Moratalaz.

−¡Pero qué decís de viajar en el tiempo! −protestó Mari Carmen−. ¿Os habéis vuelto locos?

−Mujer, a mí también me parece muy raro, pero tú dirás... −dijo mi padre−. Por cierto, Santi, eso que has dicho de la fiesta toga en casa, ¿cuándo fue exactamente? Se te va a caer el pelo...

−¿Qué es una fiesta toga? −pregunté.

−Una fiesta en la que la gente va vestida con sábanas −dijo María.

−Y no llevan nada de ropa debajo de las sábanas, enano −añadió mi hermano dándome una colleja−. Hombre, papá, no es el momento para hablar de fiestas ahora...

−¿Vosotros también visteis la luz blanca y tuvisteis la sensación de estar flotando en el vacío? −pregunté.

−Yo sí −dijo María.

−Y yo.

–Y yo.

–A mí esto no me cabe en la cabeza –insistió Mari Carmen–. Entonces, esos cuatro hombres de ahí fuera... ¿estaban muertos de verdad?

–Es lo que sucede cuando acribillan a balazos a alguien –dijo Susana, como si fuera lo más natural del mundo.

–Ay, ay, ay, ay, ay, ay –suspiró Mari Carmen.

–Ya te digo –dijo mi padre.

Nos quedamos en silencio los seis.

Nos sentamos en unos viejos taburetes de madera.

La celda solo tenía esos taburetes y un cubo.

Nada más.

Sacamos nuestros móviles.

Ninguno tenía cobertura.

–Si es verdad que estamos en 1870, es imposible que tengamos cobertura –dijo Susana.

–Y dale. ¿Pero cómo vamos a estar en 1870? ¿No os dais cuenta de que eso es un disparate? –preguntó una vez más Mari Carmen, asustada.

–Esas cosas ocurren a veces –dijo mi padre, intentando mostrarse tranquilo–. Bueno, pocas veces; casi nunca, en realidad. ¡Yo qué sé, a mí también me parece rarísimo! Mirad, lo que tenemos que hacer es mantener la calma, pase lo que pase.

–Yo estoy muy tranquila, ¿eh? –gritó Mari Carmen–. ¡Solo quiero que alguien me saque de esta celda y me explique qué está ocurriendo! ¡Pero yo estoy muy pero que muy tranquila!

Todos la observamos.

Desde luego, no parecía muy tranquila.

–¿Quieres una barrita energética, Mari Carmen? –preguntó mi padre, sacando unas barritas de su chaqueta.

–Pero qué barritas ni qué barritas... Nos meten en una cárcel en un sitio... rarísimo... y que no conocemos... ¿y tú me hablas de barritas? –dijo ella.

–Yo sí quiero –dijo mi hermano–. Tengo hambre.

–Y yo –dijo Susana.

–Y yo –dijo María.

–Yo también –dije.

–Pueden pasar horas hasta que regrese el sheriff –dijo mi padre–. Tenemos que comer y descansar.

Al final, Mari Carmen también cogió una barrita a regañadientes.

–Lo hago por no hacerte el feo –dijo.

–Gracias –dijo mi padre.

Cada uno se puso en un lugar de la celda, sentado o tumbado como podía.

Yo me senté en el suelo, apoyado contra la pared.

Estábamos tan cansados y desconcertados que nadie dijo nada más durante un buen rato.

María se puso a mi lado.

–¿Te puedo preguntar una cosa? –dijo ella hablando muy bajito.

–Claro –dije yo.

Pensé que me iba a preguntar algo del agujero negro.

O del Oeste.

O de los pistoleros.

Pero no.

Lo que me preguntó fue algo muy distinto.

Me miró con su sonrisa y dijo:

–¿Es verdad eso que dijiste en tu casa de que mis hoyuelos son muy bonitos?

No me esperaba esa pregunta.

Y no sabía qué responder.

–Contesta de una vez, enano, que estamos todos esperando –dijo mi hermano desde la otra punta de la celda.

–¡Vaya con la vecinita! No pierde oportunidad –dijo Susana.

Se escucharon risas.

Incluso Mari Carmen se rio.

–Claro, si es que están en la edad –dijo ella.

–Ya te digo –dijo mi padre.

–No les hagas ni caso –dijo María–. Ah, y no hace falta que respondas ahora.

¡Menos mal!

Ella apoyó su cabeza en mi hombro.

Y después de un rato, nos quedamos dormidos.

Estaba agotado.

Creo que soñé con agujeros negros y viajes en el tiempo.

Caía por el espacio con mi bicicleta.

Caía...

Caía...

Caía...

Y se oían disparos.

Y caballos galopar.

Hasta que me despertó el ruido de la puerta.

Delante de nosotros apareció un tipo muy bajito con un bigote enorme.

Llevaba un sombrero de copa viejo y agujereado, que no le pegaba con el resto de la ropa.

Iba tambaleándose.

Llevaba la estrella de sheriff puesta sobre la chaqueta y un rifle en la mano.

—Buenas noches —dijo, agarrándose a la mesa.

Parecía que iba a caerse en cualquier momento.

—Perdón, es que he bebido ese matarratas que dan en el saloon y no me siento muy bien —explicó.

El hombre tenía una borrachera de aúpa.

—Muy buenas —dijo mi padre—. ¿Y el sheriff Ambus?

—Buffffff —dijo el hombrecillo—. Le han disparado. Estaba jugando a los dados y ha empezado a discutir con dos buscadores de oro por una apuesta. El caso es que han sacado sus pistolas y se lo han cargado.

—¿Han matado al sheriff? —preguntó Mari Carmen, alarmada—. Este lugar es terrible. Tenemos que irnos de aquí cuanto antes, Sebastián.

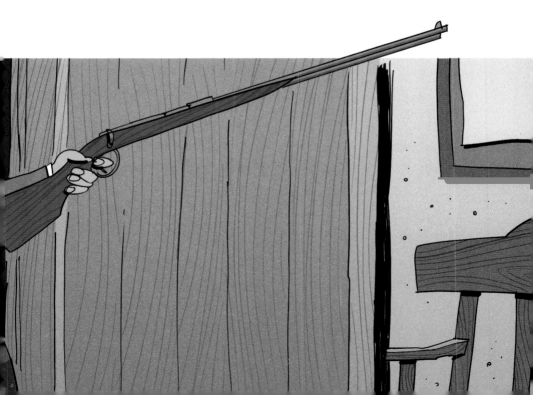

—Es el tercer sheriff que se cargan esta semana –dijo él, dejando el rifle apoyado contra la pared.

—Parece que no conviene cogerle cariño a nadie –dijo María.

—¿Y usted quién es? –preguntó Susana.

—Mi nombre es Derryll Smith, para servirlos a usted y a Dios –contestó muy serio–. Soy el nuevo sheriff de Black Rock.

—Madre mía, qué rápido ocurre aquí todo –dijo Mari Carmen.

—¿Y quién le ha nombrado sheriff? –preguntó mi padre.

Derryll se tocó el bigote y se tambaleó de nuevo.

—Pues no me acuerdo muy bien... –dijo tocándose la estrella–. Creo que han sido esos buscadores de oro... Ah, no, no, ya me acuerdo: han sido el dueño del saloon y unos borrachos que estaban por allí. Sí, eso es. ¿A que es bonita la estrella?

Desde luego, estaba claro que en Black Rock hacían las cosas a su manera.

De pronto, el nuevo sheriff se puso serio.

—¿Y ustedes quiénes son? ¿Por qué están en esa celda? –preguntó.

—Muy buena pregunta –dijo mi padre–. Nosotros somos... los Balbuena... y unas vecinas. Venimos de... muy lejos. Y no hemos hecho nada malo. Se lo prometo.

—Hombre, haberlo dicho antes –respondió–. Si no han hecho nada malo, no tienen por qué estar en la cárcel.

—Bien dicho –respondió Santi–. Usted sí que tiene futuro como sheriff, Derryll. Se nota que sabe hacer justicia.

Sin más, Derryll Smith abrió la celda y nos dejó salir.

−¿Podemos irnos? −preguntó mi padre.

−Sí, sí. Lo siento mucho, pero aquí no pueden quedarse −dijo enseguida, agarrándose a uno de los barrotes para no caerse.

Tenía la nariz roja, y un aliento a alcohol que podía olerse desde lejos.

−Con su permiso, me voy a echar un sueñecito −dijo−. Este trabajo de sheriff es agotador.

Entró en la celda y se dejó caer en el suelo, justo al lado del cubo.

En menos de un segundo, ya estaba roncando.

−¿Nos vamos? −pregunté.

Los seis nos miramos.

−Sí −dijo mi padre−, pero antes vamos a coger un par de cosas. Está claro que aquí hay que ir preparado.

Mi padre abrió el armarito del fondo.

Sacó de allí unos rifles.

Le dio uno a Mari Carmen.

−¿Para mí? −dijo ella, entre asustada y emocionada.

Luego le dio otro rifle a mi hermano Santi.

−De momento, el tuyo sin balas −le dijo mi padre.

Santi agarró el arma con un brillo en los ojos.

Por último, mi padre cogió un rifle para él. Y unas cajas con cartuchos.

−¿Para nosotros no hay rifles? −preguntó Susana.

Mi padre nos miró.

Susana, María y yo tratamos de sonreír.

—Una cosa es que estemos en el salvaje Oeste —dijo—, y otra muy distinta que vaya a dar armas a unos niños.

—Pero Santi sí tiene... —protesté yo.

—Santi tiene quince años —me cortó mi padre—, a punto de cumplir dieciséis. Y además le he dado un rifle sin balas.

Se escuchó una voz que venía de la celda.

—¡Llévense lo que les dé la gana, pero cállense, por Dios! ¡Así no hay quien duerma! ¡Fuera!

Eso fue lo que hicimos.

Abrir la puerta.

Y salir.

Black Rock y todos sus peligros nos aguardaban.

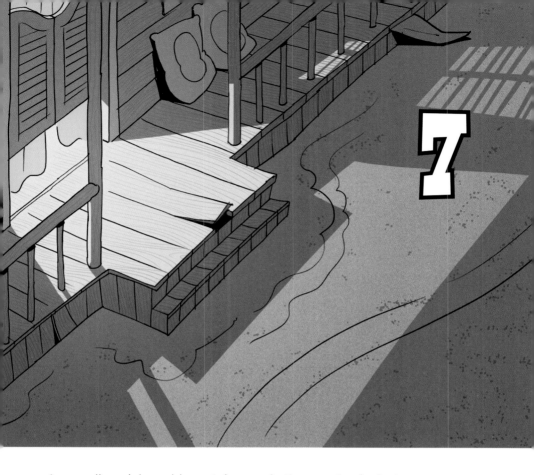

Las calles del pueblo estaban prácticamente desiertas a esas horas de la noche.

Solo se escuchaba un ruido que provenía de un edificio de madera.

En realidad, todos los edificios eran de madera.

Solo que aquel estaba mucho más iluminado que el resto.

En la fachada ponía: SALOON.

Llegamos frente al edificio, y los seis nos quedamos observándolo.

Era la primera vez que veíamos un auténtico saloon del Oeste.

Desde fuera no parecía gran cosa.

Las maderas estaban viejas y sucias.

Las ventanas estaban tapadas.

Había una puerta de dos hojas en la entrada.

Y detrás de la puerta, una enorme cortina verde que impedía ver nada.

Del interior provenía música.

Se escuchaban gritos.

—¿Vamos a entrar? —preguntó Santi, sujetando su rifle entre las manos.

—Bueno —dijo mi padre—. Es el único sitio abierto a estas horas. Tenemos que buscar un lugar para dormir, y quizá alquilen habitaciones. En muchas películas del Oeste, el saloon también es una especie de hotel.

—A ver, a ver, a ver —dijo Mari Carmen—. Que nos estamos haciendo un lío. No tenemos que buscar un lugar para dormir... ¡Lo único que tenemos que hacer es buscar el modo de volver a casa!

—Eso también —respondió mi padre.

—A lo mejor hay que esperar a que haya otra tormenta eléctrica —dije yo.

—Con rayos y truenos —dijo María.

—Mientras tanto, podríamos echar un vistazo ahí dentro por si acaso —volvió a decir mi padre.

—En el saloon siempre están los forajidos y los borrachos y la gente de mal vivir —dijo Susana—. Eso lo sabe todo el mundo.

—Mola —dijo Santi.

Desde que había cogido el rifle, Santi parecía otro.

—Sebastián Balbuena —dijo Mari Carmen—, te pido un poco de cordura. Yo no creo en agujeros negros y viajes en el tiempo y todo eso. Pero si es lo que ha ocurrido, y eso parece, tenemos que andarnos con mucho ojo. Tenemos que permanecer alerta. Los seis unidos.

—Estoy de acuerdo —dijo mi padre—. Todo eso está muy bien, pero entonces... ¿entramos en el saloon? ¡Es que siempre he querido entrar en un saloon del Oeste!

—¡Y yo! —dije.

—¡Y yo! ¡Y yo! —dijeron María y Susana.

—¡Eres peor que los niños, Sebastián! —le regañó Mari Carmen—. Además, que no podemos entrar en ese lugar con los niños, y tampoco podemos dejarlos aquí, en mitad de la calle, en plena noche.

—Ya te digo —respondió mi padre rascándose el bigote—. Decidido: Santi, tú te quedas fuera, vigilando y cuidando a los niños. Ya está. Solucionado. ¿Entramos de una vez?

—Eso es injusto —protestó mi hermano—. Al menos dame unos cartuchos por si pasa algo. ¿Cómo los voy a defender si no tengo balas?

—Ni te voy a dar balas ni nadie va a disparar, ¿entendido? —respondió mi padre—. Te vas a quedar aquí atento y vigilando. Si pasa algo, entras a buscarnos, eso es todo. Y que nadie se mueva de aquí, ¿está claro? Vamos, Mari Carmen.

—¿Vais a estar bien? —preguntó ella mirándonos.

–De maravilla –dijo Susana.

–Estaremos bien, mamá, no te preocupes –añadió María.

–Santi y yo cuidaremos de las chicas –dije.

María y Susana me lanzaron una mirada asesina.

–Bueno... Y ellas cuidarán de nosotros –corregí.

Mi padre y Mari Carmen entraron en el saloon, sin saber qué les esperaba allí dentro.

Sin saber que el Reverendo Garrett, el más temible pistolero de todo el Oeste, el mismo que había acribillado a balazos a los cuatro hermanos Forrest unas horas antes delante de nuestros ojos, estaba en ese preciso instante en la barra de aquel saloon.

Y que además acababa de hacer una apuesta con el dueño del local.

O, mejor dicho, la dueña: Vienna Miller.

Una mujer de armas tomar.

Garrett había apostado con ella a que antes del alba habría disparado al menos a otras dos personas, fueran quienes fueran.

Vienna y Garrett solían hacer ese tipo de apuestas por pura diversión.

Mi padre y Mari Carmen entraron en el saloon sin saber eso, ni muchas otras cosas.

Cuando volvieran a salir, si es que salían, nada sería igual.

Todo habría cambiado.

Nosotros cuatro nos quedamos sentados en un soportal, justo al otro lado de la calle.

—Vaya rollo —dijo Susana—. Tengo hambre. Y sueño. ¿Y si nos asomamos un momento a ver qué pasa?

—Ya has oído a papá: aquí nadie se mueve hasta que salgan —respondió Santi—, y ahora yo estoy al mando.

—Eso de que estás al mando te lo acabas de inventar —dije yo—. Papá solo ha dicho que te quedes aquí, vigilando por si sucede algo.

—A mí, desde luego, tú no me das órdenes —añadió María mirando a mi hermano

—¡Ya está bien! —dijo Santi—. Se acabó. Ahí os quedáis, renacuajos. No hay quien os soporte.

Mi hermano mayor dio media vuelta.

E hizo lo que tenía ganas de hacer desde el principio.

Entrar al saloon.

—Te va a caer una buena bronca —dijo Susana.

Pero Santi ya no la escuchó.

Acababa de empujar la puerta de dos hojas.

Y había entrado en el famoso saloon de Black Rock.

Así que allí nos quedamos nosotros tres.

—¿Te has fijado? —preguntó Susana—. Tu madre ha cogido de la mano a mi padre antes de entrar al local.

—Perdona, pero ha sido justo al revés —respondió María—. Todos hemos visto cómo él agarraba la mano de mi madre.

—Habrá sido para protegerla –dijo Susana.

—O habrá sido para hacer manitas con ella –dijo María.

—Hace un rato estábamos en el Dos Torres comprando unas bicicletas –dije yo–, y ahora estamos en una calle del Oeste, en el año 1870. ¿De verdad os preocupa quién ha cogido la mano a quién?

Las dos se quedaron calladas un momento.

—Tienes razón, Sebas –dijo Susana.

—Toda la razón –añadió María.

—Menos mal que os dais cuenta –dije–. Tenemos que estar atentos para descubrir qué ha pasado y cómo podemos sobrevivir en este pueblo hasta que regresemos a casa.

—Estoy de acuerdo.

—Y yo.

—Menos mal –dije.

Un segundo después, Susana dijo:

—Pero vamos, que una cosa no quita la otra: ha sido tu madre la que le ha cogido de la mano a mi padre, para que quede claro.

La fulminé con la mirada.

A ella, por supuesto, le dio exactamente igual.

Podríamos haber seguido con aquella discusión absurda toda la noche.

Sin embargo, ocurrió una cosa que no esperábamos.

Algo que no podíamos ni imaginar.

Y los tres nos olvidamos completamente de quién había cogido la mano a quién y de todas esas tonterías.

Se escuchó un grito.

Muy parecido al que hacen los indios.

–Uh, uh, uh, uh, uh, uh, uh, uh.

De inmediato, alguien dobló la esquina y en mitad de la calle apareció...

Un indio sioux.

De unos once años aproximadamente.

Con un hacha en la mano.

Y lo más fuerte.

Aquel indio sioux...

¡Iba subido en una bicicleta Kawasaki 3W2 de color rojo!

Pedaleaba a toda marcha.

Pasó delante de nosotros sin vernos.

Agitaba su hacha al viento y gritaba sin parar.

—Uh, uh, uh, uh, uh, uh, uh, uh, uh.

Cruzó frente al saloon y siguió adelante a toda prisa.

Unos metros más atrás, aparecieron un niño y una niña de nuestra edad...

¡También subidos a unas Kawasaki 3W2!

Iban persiguiendo al niño indio.

—¡Te cogeremos, Toro Inquieto! —gritó el niño desde su bicicleta.

—¡Lo vas a pagar caro! —gritó la niña, sin dejar de pedalear.

En las manos llevaban sendas pistolas.

No sé si eran pistolas de verdad o de juguete.

Pero era una imagen impresionante: un niño y una niña con pistolas persiguiendo en bicicleta a un indio en mitad de una calle del Oeste.

El niño era pelirrojo y, al igual que casi todos allí, llevaba un sombrero.

La niña era rubia y tenía el pelo muy largo.

Pasaron delante de nosotros, sin mirarnos siquiera.

Susana, María y yo nos pusimos en pie.

–¿Habéis visto lo mismo que yo? –preguntó Susana.

–Son nuestras bicis –dijo María.

–Nuestras kawasakis –dije muy enfadado.

Una cosa era viajar por un agujero negro a través del tiempo.

Que un forajido acribillase a cuatro personas delante de nosotros.

Que un sheriff de pacotilla nos hubiera metido en la cárcel sin ningún motivo.

¡Pero que unos niñatos nos quitaran las bicicletas delante de nuestras narices!

¡Eso sí que no!

Nos miramos.

Y echamos a correr.

Detrás de ellos.

El cobertizo estaba justo a la salida del pueblo.

Era una casa de dos alturas.

En su interior guardaban los caballos.

A esas horas, parecía estar a oscuras.

Pudimos ver cómo aquellos dos niños entraban a toda velocidad subidos en nuestras kawasakis.

Seguramente, el niño sioux había entrado primero.

Nosotros tres avanzamos en la oscuridad y llegamos hasta la entrada.

No tenía puerta.

Nos habíamos pegado una buena carrera para no perder de vista a los ladrones de bicicletas.

Susana, María y yo apoyamos nuestras espaldas sobre la pared de madera.

Respirábamos muy deprisa, intentando recuperarnos de la carrera.

–¿Qué estará pasando? –preguntó María.

Se escuchó el relinchar de algunos caballos dentro del establo.

Nada más.

Parecía que se los había tragado la tierra.

Yo pensaba que cuando atraparan al niño sioux se pegarían, o incluso le amenazarían con sus pistolas.

Pero, desde luego, si estaba ocurriendo algo de eso, lo hacían en el más absoluto silencio.

–¿Entramos? –pregunté.

María asintió.

–Ve tú delante –dijo mi hermana Susana–, que para algo eres el mayor.

Cuando le interesaba, yo era el hermano mayor.

No me iba a poner a discutir ahora con ella.

Nuestras kawasakis estaban dentro de aquel cobertizo.

Las mismas que habíamos comprado unas horas antes en el Dos Torres.

Yo estaba dispuesto a recuperarlas.

O, por lo menos, a intentarlo.

Me asomé.

No se veía nada.

Tan solo se intuían unos cuantos caballos, y un montón de paja y heno por todas partes.

Saqué una cosa de mi bolsillo.

Mi teléfono móvil.

Aún tenía batería.

Le di a «ajustes».

Y lo puse en modo linterna.

—Vamos —susurré.

Alumbrándome con la linterna del móvil, avancé por el cobertizo.

Susana y María venían detrás de mí.

—¡Ahí va! —dijo Susana, asustada.

—¿Qué pasa? —pregunté—. ¿Has visto algo?

—Pasa que esto es muy fuerte —dijo Susana señalando a María y a mí—. ¡Pasa que vosotros dos también vais de la mano!

¿Eh?

Bajé la vista.

Era verdad: María y yo íbamos agarrados de la mano.

Inmediatamente nos soltamos.

Prometo que ni me había dado cuenta.

Bueno, a lo mejor sí me había dado cuenta, pero no le había dado importancia.

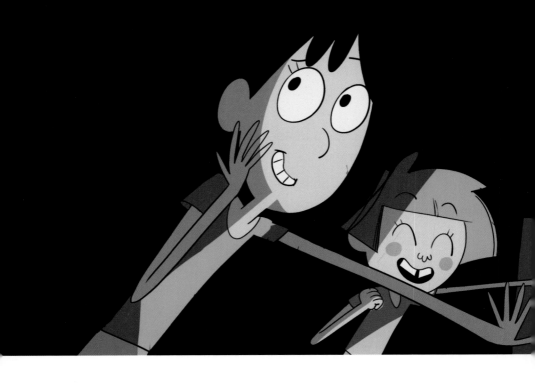

—Ha sido un acto reflejo –dijo María.

—Haciendo manitas mientras estamos en plena misión de res-
cate de las bicicletas –insistió Susana.

—¡No estábamos haciendo manitas! –dijimos los dos a la vez.

—Shhhhhhhhhhhhhhhhhhhhhhhhhhhhh –dijo Susana–. Que nos
van a oír.

De verdad, no sé quién le había cogido la mano al otro.

Habíamos rozado las manos sin darnos cuenta y nos habíamos agarrado sin pensarlo.

No me parece que eso tenga nada de malo.

Estábamos en un cobertizo a oscuras, persiguiendo a unos niños con pistolas y a un sioux con un hacha.

Agarrarse de la mano en una situación así era lo más natural del mundo, me parece a mí.

En ese momento escuchamos unas risas.

Los tres nos giramos.

Enfoqué con mi linterna.

No se veía a nadie.

De nuevo, las risas.

Venían del piso de arriba.

Al fondo del cobertizo había una escalera de madera que conducía al piso superior.

Sin decir nada, los tres señalamos la escalera y caminamos hasta allí.

Nos pusimos justo debajo.

Levantamos la vista.

Enfoqué con la linterna hacia arriba.

La escalera conducía a una abertura que daba al piso superior.

Cuando los tres estábamos con el cuello girado, mirando hacia arriba, alguien asomó la cabeza por la abertura.

Se trataba del niño sioux.

Nos miró con los ojos muy abiertos.

Y dijo:

–Yo, Toro Inquieto. Mi padre, gran jefe Alce de la Montaña. Vosotros, prisioneros míos.

Y se rio.

Era la risa que habíamos escuchado hacía un instante.

¿Prisioneros?

¿De qué estaba hablando?

Toro Inquieto dijo:

–¡Ya!

Sin darnos tiempo a reaccionar, aparecieron a ambos lados del cobertizo el otro niño y la niña.

Tiraron a la vez de unas palancas, y unas poleas se pusieron en marcha.

El suelo debajo de nosotros tres empezó a moverse.

Una red, que estábamos pisando sin darnos cuenta, salió disparada.

Las poleas tiraron con mucha fuerza.

La red nos atrapó y nos elevó por los aires.

–Aaaaaaaaaaaaaaaaaaaaaaaaaaaaaaaaaaah –gritamos los tres al mismo tiempo.

Me agarré las gafas con las dos manos.

Mi móvil cayó al suelo y se apagó.

Después de salir volando, quedamos inmovilizados.

Colgando dentro de una red enorme.

Susana, María y yo.

Los tres juntos.

Habíamos caído en una trampa.

El niño sioux volvió a reírse.

–Yo, Toro Inquieto. Mi padre, gran jefe Alce de la Montaña. Vosotros, prisioneros míos.

–¿Por qué tenéis nuestras bicis?

–¿Quiénes sois?

–¿Cómo es que unos niños llevan pistolas?

–¿Y un hacha?

–¿Eres un indio sioux de verdad?

–¿Es verdad que estamos en 1870?

–¿Dónde estamos?

–Y lo más importante: ¿por qué nos habéis metido en esta red?

El niño pelirrojo se acercó a nosotros.

Tenía muchas pecas cubriéndole el rostro.

–Tch, tch, tch. Muy mal –dijo–. Habláis demasiado para estar atrapados dentro de una red.

–Ya, bueno –dijo Susana–. A mí es que estar colgada boca abajo me sienta muy mal para el riego sanguíneo. Si fueras tan amable de sacarnos de aquí, te lo agradecería mucho.

María, Susana y yo estábamos aplastados dentro de la red, boca abajo, en una postura muy pero que muy incómoda. Yo tenía la zapatilla de mi hermana aplastándome la cabeza.

El niño sioux se deslizó por la red hasta el piso de abajo.

Habían sacado unas linternas de metal muy antiguas, una llama de fuego cubierta por un cristal.

–Vosotros, mucho raros, ropa mucho rara, gafas raras, manera hablar rara, todo raro –dijo–. Yo, Toro Inquieto...

–Ya, ya... –dijo María–. Tú, Toro Inquieto. Nosotros, prisioneros tuyos. Y muy raros, además.

Él se rio al escuchar aquello.

–Tú aprendes bien –dijo.

–Yo me llamo Sebastián Balbuena –dije–, aunque me podéis llamar Sebas. La que tiene el pie aplastándome la cara es mi hermana Susana. Y la morena de los hoyuelos es María, mi vecina.

–Bueno, vecina y algo más –dijo Susana–, porque hace un momento estaban estos dos aquí mismo haciendo manitas.

–¡Y dale! –protesté yo–. Estábamos agarrados de la mano para no tropezarnos y caernos.

–Ya, ya, lo que tú digas, Sebas –insistió Susana–, pero no puedes ir haciendo manitas con todas las chicas que te cruzas, primero con Raquel Pastor, de 5º B, y ahora con María... ¿Mañana con quién?

–¿Qué es hacer manitas? –preguntó interesada la niña rubia, mientras nos observaba como si fuéramos una atracción de circo.

–Hacer manitas es cogerse de la mano en plan novios y eso –dijo María–, cosa que no sé si Sebas habrá hecho con Raquel Pastor, pero, desde luego, conmigo nunca jamás.

–Sois muy graciosos –dijo la niña.

–Pues yo creo que son unos listillos –dijo el niño.

–¿Vosotros también sois hermanos? –preguntó Susana.

—De hermanos nada —dijo el niño—. Yo soy Billy. Y no tengo hermanos. Ni amigos. Nada de nada.

Todos le observamos.

—Todos me llaman Billy el Niño —añadió.

—¡Toma ya, Billy el Niño en persona! —dije.

—Imposible —dijo enseguida Susana—. Billy el Niño vivió en Nuevo México, y nunca subió al norte del país, nunca llegó al territorio de Dakota. Porque estamos en Dakota, ¿verdad?

—Lo que yo digo: sois unos listillos —dijo Billy mirando fijamente a Susana—. Y, por lo que veo, tú eres la más listilla del grupo. Entonces, ¿habías oído hablar de mí?

—Bueno —dijo Susana—. He oído hablar de uno que se llama Billy el Niño... Es un pistolero muy famoso en el Oeste...

—Pero a lo mejor es otro —dijo enseguida María, tratando de arreglar la situación.

—Tch, tch, tch. Muy mal, hoyuelos —dijo él—. Aquí el único Billy el Niño soy yo, que os quede claro.

—Lo que tú digas —respondió ella.

—Yo soy Alicia —dijo la niña—. Podéis llamarme Alicia Maravillas, o bien Ali, o incluso Maravillas. Podéis elegir.

—¿Y eso de Maravillas es tu apellido o...? —preguntó María.

—Es un apodo —dijo ella—. Sé hacer algunas cosas.

Alicia sacó del cinturón dos cuchillos muy afilados.

Los lanzó al aire, muy alto.

Los dos cuchillos volaron.

Según caían, se puso justo debajo.

Las hojas afiladas brillaron en la oscuridad según giraban.

Después cayeron los dos a la vez.

A toda velocidad...

¡Dentro de su cinturón!

Exactamente.

Ni un centímetro más ni uno menos.

Había sido impresionante, la verdad.

—Sé hacer muchas cosas con los cuchillos. Una vez lancé treinta y tres cuchillos al aire subida a un caballo, y los fui recogiendo uno a uno antes de que cayeran. Por eso me llaman así –volvió a decir–. Alicia Maravillas.

–¡Igual que Alicia en el País de las Maravillas! –dijo Susana–. ¡Además, eres rubia como ella!

–¿Quién? –preguntó Alicia, desconfiada.

–Alicia en el País de las Maravillas, la del cuento –dijo Susana–. Tenéis que conocerla, es un cuento muy importante y...

–Corta el rollo, listilla –dijo Billy–. Me aburres.

Susana y Billy se miraron desafiantes.

–Escucha –dijo Susana, amenazadora–. Si no estuviera atrapada dentro de una red...

–¿Qué? –preguntó él.

–Pues... si no estuviera aquí metida... –dijo mi hermana mirando a Billy–, te daría... la verdad... bien pensado... creo que te daría... te daría un beso ahora mismo. ¡Me encantaría darle un beso a Billy el Niño!

Billy dio un paso atrás, sorprendido.

Los demás nos reímos.

–Listilla ser graciosa –dijo Toro Inquieto.

–Puag –dijo Billy–. No digas eso ni en broma.

–¿De dónde venir vosotros? –preguntó Toro Inquieto.

–De Moratalaz –dijo Susana sin pensar–. Es un sitio que está muy lejos... Está en... a ver cómo lo explico... En Europa.

–Yo nací en Europa también, en Irlanda. Aunque no me acuerdo muy bien –dijo Billy encogiéndose de hombros.

—Si es que tenemos muchas cosas en común —dijo mi hermana.

—Mira qué bien —dije yo—. Pues, para celebrar esta coincidencia, podríais soltarnos, ¿no?

—Ni lo sueñes, Cuatro Ojos —respondió Billy.

—Habéis caído trampa. Vosotros prisioneros —dijo Toro Inquieto riendo.

Todo le hacía mucha gracia, por lo visto.

—Os vimos delante del saloon con cara de pasmados —dijo Alicia—, y pensamos: «Seguro que estas bicicletas raras son suyas».

—Ya te dije que vendrían detrás corriendo —dijo Billy—. Son unos pardillos.

—Por cierto, ¿de dónde habéis sacado las bicicletas, si se puede saber? —pregunté.

—Las tenía Cobb, el herrero —respondió Alicia—. Siempre tiene su almacén lleno de cachivaches y artefactos extraños. Las cogimos esta tarde. También tenía otras tres más grandes.

—A mí gustan —dijo Toro Inquieto.

—¿Cómo no te van a gustar? —dije yo—. Son Kawasaki 3W2. Las mejores bicicletas del mundo.

—¿Habéis traído de Europa? —preguntó.

—Eso, de Europa —dijo María—, de Moratalaz.

—Pues ahora son nuestras —dijo tranquilamente Billy—. ¿Algún problema?

—Hombre, no sé... —dije yo—. Teniendo en cuenta que estamos atrapados dentro de una red y colgados boca abajo, que vosotros tenéis armas y que no podemos movernos, pues la verdad es que no vamos a ponernos a discutir por las bicicletas.

—Chico listo, Cuatro Ojos —dijo Billy.

—¿Qué ser esto? —preguntó Toro Inquieto señalando algo en el suelo.

Era mi móvil.

Lo cogió y lo miró como si fuera la cosa más extraña que hubiera visto en toda su vida.

—Es mi teléfono móvil —dije.

—¿Tu qué? —preguntó Alicia.

No sabía qué contestar.

Dijera lo que dijera, la explicación iba a ser muy larga.

Entonces se escuchó una voz en aquel cobertizo.

—¡Soltadlos ahora mismo!

Todos nos giramos.

En la puerta del cobertizo apareció un niño de color.

O sea, un niño negro.

—¡He dicho que los soltéis ahora mismo! —volvió a decir.

—¿Tú quién eres para dar órdenes? —preguntó Billy el Niño sacando su revólver.

—Mi nombre es Adam Nazarius Scott. He huido de una plantación de esclavos y he caminado cientos de kilómetros —dijo, mostrando una cadena que colgaba de su brazo—. No me gusta que aten a las personas, ni que las metan dentro de una red, ni de una jaula, ni de ningún sitio. Ah, y esa pistola y la de tu hermana son de mentira.

Toro Inquieto dio un paso al frente.

—Pistolas mentira. Pero hacha es verdad —dijo Toro Inquieto mostrando su hacha.

—Y los cuchillos también —dijo Alicia.

—¿Queréis pelear? —preguntó Nazarius levantando su cadena.

En un lado estaban Toro Inquieto, Billy el Niño y Alicia Maravillas.

En el otro, Nazarius.

Se miraron fijamente.

Parecían dispuestos a empezar una pelea o algo peor.

—Perdón —dijo Susana—. ¿Podéis poneros al lado de la luz, por favor? Es que, si vais a pelear, os agradecería que lo hicierais donde pueda veros bien. ¡Por nada del mundo me quiero perder una pelea entre un indio sioux, un esclavo negro y dos niños vaqueros!

10

Esclavitud.

Esclavos.

Personas que no tienen libertad.

En América del Norte hubo millones de esclavos.

Sobre todo, esclavos que traían de África.

Personas de raza negra a las que obligaban a trabajar sin darles nada a cambio.

Y que vivían en unas condiciones infrahumanas.

Incluso hubo una guerra entre los que defendían la esclavitud y los que no.

La guerra de Secesión.

Una guerra civil entre los estados del Sur y los del Norte.

El principal motivo de discusión en esta guerra eran los esclavos.

Los del Sur se llamaban la Confederación y querían mantener la esclavitud.

Los del Norte se llamaban la Unión y estaban en contra.

Al final, ganaron la guerra los del Norte.

En el año 1865, el Congreso abolió la esclavitud.

El presidente de Estados Unidos era Abraham Lincoln, y dijo:

«Aquellas personas que niegan la libertad a otros no la merecen para sí mismos».

También dijo:

«La esclavitud es la mayor aberración que ha sufrido este país. Pido disculpas a los millones de seres humanos que han tenido que sufrirla. Y los recibo con los brazos abiertos».

Pero a pesar de la guerra y de las nuevas leyes, en muchos estados del Sur siguió habiendo esclavos durante muchos años.

Adam Nazarius Scott era uno de ellos.

Hijo de esclavos.

Nieto de esclavos.

Había nacido en un campo de algodón del Sur.

Trabajó desde muy pequeño.

Sin recibir nada a cambio.

Sus padres habían sido vendidos a otra plantación.

Y no los había vuelto a ver.

Se había criado solo.

Junto a otros niños esclavos.

Su vida no había sido fácil.

El día que cumplió once años, tomó una decisión.

Escaparse.

Ser libre.

Fuera como fuera.

Tramó un plan: fugarse un día al atardecer, cuando volvieran de trabajar en el campo, de recoger el algodón.

Tendría casi cuatro horas antes de que hicieran el recuento después de la cena.

En cuatro horas, según sus cálculos, ya habría cruzado el río Misuri.

A partir de ahí, seguiría caminando hacia el norte.

Hasta llegar a un país en el que nunca habían tenido esclavos: Canadá.

Ese era su plan.

Muy simple: caminar y caminar hasta cruzar la frontera con Canadá.

Una vez allí, no sabía qué haría.

Pero sabía una cosa: sería libre.

Eso era lo único que tenía en la cabeza.

Caminar hasta la libertad.

A lo mejor algunos piensan que es una vida muy dura para un niño de once años.

Pero es la verdad.

Y ya he dicho que voy a contar toda la verdad.

Aunque a algunos no les guste.

Y la verdad es que, en 1870, en aquel territorio, las cosas no eran fáciles para nadie.

Pero si eras negro, todo era más difícil aún.

Adam Nazarius Scott levantó la cadena que colgaba de su mano, miró a Billy, a Toro Inquieto y a Alicia, y dijo:

—No tengo nada contra vosotros. Pero no pienso seguir mi camino hasta que soltéis a esos niños tan raros que tenéis dentro de la red.

—¡Que no somos raros! —protestó Susana—. ¡Somos de Moratalaz!

—Son de un sitio de Europa, por lo visto —le explicó Alicia a Nazarius.

—¡Ah! Por eso van vestidos así —dijo él.

—Gracias por defendernos, Nazarius. Eres muy bueno —dijo María.

—Sí, muchas gracias —dije yo.

Toro Inquieto levantó su hacha.

Alicia se llevó las manos a sus cuchillos.

Billy acarició sus pistolas.

Nazarius agarró con fuerza su cadena.

—Bueno, ¿entonces qué? —preguntó Nazarius—. ¿Los soltáis por las buenas, o empezamos la pelea?

—¡Yo voto por que nos soltéis! —dijo María.

—¡Yo también!

—¡Pues yo prefiero una buena pelea! —dijo Susana.

—Tonterías —dijo Billy—. ¿Por qué vamos a soltaros? Por una vez, la listilla tiene razón: siempre es mucho mejor una buena pelea.

—A ver, Billy el Niño —dijo María—. Eso tampoco es así. La amistad y ayudar a los demás son mucho mejor que una pelea.

—Sí, claro —respondió Billy riéndose.

—Yo voto pelea —dijo Toro Inquieto.

—Y yo —dijo Billy.

—Y yo —añadió Alicia.

—Y yo —dijo Susana.

—Yo también voto pelea —dijo Nazarius—. Preparaos para morder el polvo, blanquitos. Y tú también, indio.

Los cuatro dieron un paso al frente.

Parecía inevitable.

Estaban a punto de enzarzarse.

Pero entonces dije:

—¡Propongo un trato! Si nos soltáis ahora mismo, os enseñaré cómo se puede mandar un mensaje a una persona que está a mil kilómetros de distancia y que le llegue en menos de un segundo.

Todos me miraron.

Abrí la pantalla de mi móvil.

Un Sephorosa 9.0 de última generación.

A pesar de que se había caído al suelo, aún funcionaba.

Menos mal.

Los dos niños nos habían bajado de la red.

No es que nos hubieran bajado amablemente.

Había cortado la cuerda que la sujetaba y habíamos caído de cabeza.

Yo me toqué un pequeño chichón que me había salido en la frente y encendí la pantalla.

—Mirad —dije.

Alicia, Billy, Toro Inquieto y Nazarius no quitaban ojo a la pantalla.

Parecían hipnotizados.

Abrí la aplicación de wasap.

—Es una pantalla táctil —expliqué–, y esta es una aplicación muy sencilla.

Entré en el grupo de los Albóndigas, que es un grupo que tenemos los de mi clase desde un día que en el comedor hicimos una guerra de albóndigas con tomate, y nos castigaron un mes entero sin salir al patio durante el recreo.

El caso es que entré en el grupo.

—¿Veis? Esto es lo que se llama un grupo de wasap —dije–. Todas estas personas, que están lejísimos ahora mismo, van a recibir este mensaje que estoy escribiendo...

Escribí:

«Hola, estoy en Black Rock. En 1870».

—Ahora le doy a «enviar» —dije–. Y ya está.

Los cuatro me miraron como si estuviera completamente loco.

—A lo mejor te crees muy importante por usar esas palabras —dijo Billy el Niño.

—¿Qué palabras? –pregunté.

—Guasap —dijo él–, y eso de aplicación, y de táctil...

—No, no, perdona, de verdad —dije–. Es solo que quería explicaros cómo se manda un mensaje y...

–¿Cómo ser nombre aparato? –preguntó Toro Inquieto.

–El aparato se llama Sephorosa 9.0 –dije–, pero podéis llamarlo teléfono móvil.

–¡Ya está otra vez con las palabritas! –protestó Billy.

–¿Pero qué he dicho ahora? –pregunté.

–Eso de teléfono –dijo Alicia–. ¿A qué te refieres? ¿Es como un telégrafo pero pequeño?

–Exactamente –dijo María–. Es que de donde venimos...

–De Moratalaz –dijo Susana.

–De Moratalaz, Europa –siguió María–. Pues el caso es que ahí todo el mundo tiene un telégrafo pequeño de estos para mandar mensajes.

Nos miraron con desconfianza.

–Entonces –dijo Nazarius–, el mensaje ese que acabas de enviar, ¿les ha llegado ahora mismo a los... a los Albóndigas de Europa?

–Bueno –dije–, más o menos...

–¿Y por qué no contestar ellos? –preguntó Toro Inquieto.

–Pues porque no les ha llegado ningún mensaje –dijo Susana tranquilamente–. ¡Que no tenemos cobertura! ¡Parece mentira, hay que explicarlo todo!

–¡Susana! –dije.

–¿Qué pasa? –preguntó ella–. Oye, la verdad por delante. Ah, y otra cosa: ¿por qué no me habéis metido a mí en el grupo de los Albóndigas?

–Pues porque solo están los de nuestra clase –dijo María.

–Eso no es cierto –protestó Susana–. He visto que también está en el grupo Daniel Ramírez, que ya no está en vuestra clase ni tampoco está en el colegio.

–Pero el año pasado sí estaba –dije yo.

–Pues no es justo, porque este año no está, igual que yo. Me parece a mí que tengo tanto derecho como él, o incluso más, porque, al fin y al cabo, yo por lo menos sigo en el colegio –insistió Susana.

–¿Pero para qué quieres estar tú en el grupo de nuestra clase?

Susana iba a contestar, pero Billy se adelantó.

–Tch, tch, tch –dijo–. ¿El mensaje ese no ha llegado a ninguna parte? Es decir, ¿nos has mentido a la cara, Cuatro Ojos?

Levanté la vista.

Vi los ojos de Billy mirándome fijamente.

También Toro Inquieto, Alicia e incluso Nazarius me miraban con cara de pocos amigos.

–Después de lo que he hecho por vosotros, ¿nos has mentido descaradamente? –preguntó Nazarius.

–Bueno, bueno –dije–. Eso es así... y no... porque el mensaje en sí está mandado... Ahora bien, el tema de la cobertura es un tema complejo. Si queréis, os lo puedo explicar...

Recordé lo que habían dicho de una buena pelea.

Pensé que si tenía que pelear con todos ellos, no iba a salir muy bien parado.

Aunque me ayudaran Susana y María.

Eso, suponiendo que me ayudaran.

—Ay, Sebas —dijo Susana—. Mira que mentir a estos chicos tan simpáticos...

—Si es que ellos no tienen por qué saber nada de la cobertura —dijo María.

¿Ahora ellas también estaban de su parte?

¿Eran los seis contra mí?

¿Me iban a colgar otra vez dentro de la red?

¿Me iban a pegar una paliza y después me cortarían la cabellera?

Ya había visto cómo se las gastaban en ese pueblo, y no me hacía ninguna gracia.

—Puedo enseñaros unos juegos buenísimos que tiene el teléfono también... —dije intentando sonreír—. ¿Habéis jugado alguna vez al candy crush o al minecraft?

—Como vuelvas a decir otra palabra rara, te prometo que no vas a vivir para contarlo —dijo Billy muy serio.

Ya no sabía qué hacer.

Hiciera lo que hiciera.

Dijera lo que dijera.

No tenía escapatoria.

De pronto, se escuchó una voz fuera del cobertizo.

—¡Sebas! ¡Susana! ¡María! ¿Dónde estáis?

Era...

¡Mi padre!

12

Antes de que pudieran reaccionar, salí corriendo del cobertizo.

María y Susana también salieron corriendo detrás de mí.

—¡Papá! —dije.

Allí estaba mi padre.

A su lado aparecieron mi hermano Santi y Mari Carmen.

—¿Pero se puede saber dónde os habíais metido? —preguntó Mari Carmen—. ¡No podéis iros por ahí sin avisar! ¡Que estamos en un pueblo del salvaje Oeste, no sé si os habéis enterado!

Parecía que por fin Mari Carmen había aceptado que estábamos en 1870.

En un pueblo del salvaje Oeste.

En Black Rock.

—Estábamos muy preocupados —insistió Mari Carmen—. Os hemos buscado por todas partes.

—Ya te digo —añadió mi padre.

—Yo no estaba preocupado —dijo Santi.

Iba a contestar, pero Susana se adelantó, como siempre.

—Estábamos con Billy el Niño —dijo ella—, y con un chico negro que se ha escapado de una plantación de algodón... Y también con Toro Sentado, o algo parecido, un indio sioux que siempre tiene un hacha en la mano...

—¿Y qué más, enana? —preguntó mi hermano riéndose.

—Ah, sí —añadió Susana—. También estábamos con una niña que se llama Alicia en el País de las Maravillas.

—Muy bonito. O sea, que nosotros preocupados... —dijo Mari Carmen—, y vosotros jugando en el cobertizo a inventaros personajes.

—¡Pero si es verdad! —dije yo—. Por una vez, Susana ha dicho la verdad.

—Bueno, ya está bien —dijo Mari Carmen—. Está a punto de hacerse de día, y tenemos que buscar algún sitio para dormir.

—Ya te digo —volvió a decir mi padre.

—A lo mejor podemos dormir en el cobertizo —dije yo señalando detrás de nosotros.

—No, de ninguna manera —dijo mi padre, tajante—. Ahora mismo vamos a buscar una habitación con camas como Dios manda. Mis hijos se merecen algo mejor para dormir, no un cobertizo, aunque estemos en un pueblo perdido en medio de la nada.

—Tonterías —dijo Mari Carmen—. No tenemos dinero. No conocemos a nadie. Lo del cobertizo es muy buena idea, Sebas. Por lo menos podremos echar una cabezada bajo techo.

Yo miré a mi padre.

Él, a su vez, miró a Mari Carmen.

Y dijo:

—Bueno... Bien pensado, lo del cobertizo no está mal.

Así que eso fue lo que hicimos.

Volver al cobertizo.

Y prepararnos para dormir allí un rato.

Los Balbuena.

Mari Carmen.

Y María.

Dentro del cobertizo no había ni rastro de Billy, ni de Alicia, ni tampoco de Toro Inquieto y Nazarius. Se habían evaporado.

—¿Dónde están tus amigos imaginarios, enana? —preguntó Santi.

—Se habrán ido —respondió ella—. Pero estaban aquí hace un momento.

—Sí, claro —dijo Santi—, y seguro que también estaba el séptimo de caballería.

—¡Niños, no discutáis! —dijo mi padre—. Que cada uno se busque un rincón para dormir.

Aquello no era una casa.

Era un viejo cobertizo.

Pero al menos tenía techo.

Y estábamos los seis juntos.

–¿Habéis descubierto algo en el saloon? –preguntó María.

–Huy, muchas cosas –dijo Mari Carmen–. Hemos conocido a la dueña, que se llama Vienna Miller y es una mujer muy seria y muy importante, y que dispara sus pistolas mejor que la mayoría de los hombres de por aquí. Me ha caído fenomenal esa mujer.

–También hemos tomado un whisky con el Reverendo Garrett –dijo mi hermano Santi–, el tipo vestido de negro que se cargó a esos cuatro en la calle. Es genial.

–Genial no es, Santi –interrumpió mi padre–. Es un pistolero y un forajido.

—Me ha ofrecido ser su ayudante por un dólar al día —dijo Santi.

—¿Vas a ser ayudante de un pistolero? —pregunté con los ojos muy abiertos a mi hermano.

—¡Por supuesto que no! —dijo mi padre—. Primero, porque nos vamos a ir de este pueblo en cuanto se haga de día. Y segundo, porque Santi es menor de edad y no va a trabajar para ningún forajido. Ya te digo.

—Pues le he dicho que sí —replicó Santi.

—¡Me da exactamente igual lo que le hayas dicho! —dijo mi padre—. ¡Tu padre no te da permiso y no hay más que hablar!

—Sebastián, no te pongas así, que te va a dar algo —dijo Mari Carmen.

—¡No me pongo, no me pongo! —replicó mi padre otra vez, agitando los brazos—. ¡En 1870, o en el año en que quiera que estemos, sigo siendo el padre de esta familia, y nadie va a hacer algo sin mi autorización! ¡Que aquí nadie me toma en serio! ¡Primero digo a los niños que no se muevan de la calle, y se van por ahí en mitad de la noche! ¡Después digo que vamos a buscar una cama, y terminamos en este cobertizo! ¡Y ahora mi hijo mayor quiere ser pistolero! ¡Pues se acabó, por ahí sí que no paso!

Mi padre nos dejó en mitad del cobertizo y se dirigió a la puerta.

Mari Carmen salió detrás de él.

–¿Pero adónde vas, Sebastián? –le preguntó.

–Pues a hacer guardia –dijo él, sin detenerse–. Alguien tiene que proteger a esta familia.

Mi padre y Mari Carmen salieron y se quedaron fuera.

Junto a la puerta.

Mientras, Susana y María permanecieron en la parte de abajo del cobertizo, durmiendo.

Mi hermano Santi y yo subimos a la parte de arriba, y nos tumbamos junto a un montón de paja.

–El Reverendo Garrett mola mucho –dijo mi hermano–. Hace un rato se ha cargado a otros dos tipos, unos buscadores de oro muy charlatanes que, por cierto, creo que eran los que habían disparado al sheriff Ambus Johnson.

–Y si trabajas para él, ¿tú también vas a llevar pistola? –pregunté interesado.

–Pues claro, enano –respondió Santi, muy seguro–. ¿Qué te has creído?

Nos quedamos los dos allí, en silencio.

Mirando por una ventana que había en la parte de arriba del cobertizo.

Se podía ver el horizonte a lo lejos.

El sol ya estaba saliendo.

Habíamos sobrevivido a nuestra primera noche en Black Rock.

–¿Tú crees que conseguiremos volver a casa? –pregunté yo.

Santi no contestó.

No sé si se había quedado dormido.

El caso es que no dijo nada.

La pregunta pareció quedarse flotando allí en medio.

¿Conseguiríamos volver a nuestra casa?

Cuando desperté, dos tipos con largos bigotes me apuntaban con sus pistolas.

Yo estaba tumbado en el cobertizo.

No sé cuánto tiempo había dormido.

El sol entraba por la ventana.

Noté que alguien me observaba y abrí los ojos.

Moví la mano por el suelo de madera, cogí mis gafas y me las puse.

Allí estaban.

Esos dos hombres.

Apuntándome con sus revólveres.

Los dos tipos iban vestidos con uniformes desgastados de color gris y tenían barro por todas partes.

Llevaban puestos unos sombreros de vaquero enormes, del mismo color.

También llevaban cartucheras y correas de cuero por todas partes.

Uno se llevó la mano a los labios para que no me moviera ni dijera nada.

–Silencio –susurró.

Yo miré de reojo a mi hermano Santi, tumbado un par de metros más allá.

Seguía durmiendo.

Uno de los tipos acercó el cañón al rostro de mi hermano.

–Despierta, hijo –dijo muy suavemente el hombre.

Mi hermano bostezó.

Y después fue abriendo los ojos.

Al ver a aquellos dos tipos enormes con las pistolas, dio un respingo.

–¡Pero... pero...!

Los dos nos apuntaron de nuevo con sus revólveres.

No entiendo nada de pistolas ni de armas de fuego.

Pero aquellos dos revólveres tenían el cañón muy largo.

Nunca había visto nada parecido.

–¿Sois los hermanos Balbuena? –preguntó uno de ellos.

Santi y yo, aún metidos en la cama, sin atrevernos a movernos, nos miramos.

–Sí –dije yo.

–¿Quién lo pregunta? –dijo Santi.

–Error –respondió el otro tipo–. Aquí nosotros hacemos las preguntas y vosotros contestáis. ¿Ha quedado claro?

–Sí –volví a decir yo.

–Sí, señor –me corrigió.

–Sí, señor –dije enseguida.

Santi no decía nada.

–Estamos buscando a un crío y nos han dicho que vosotros lo habéis visto. Se llama Samba. ¿Lo conocéis? –preguntó.

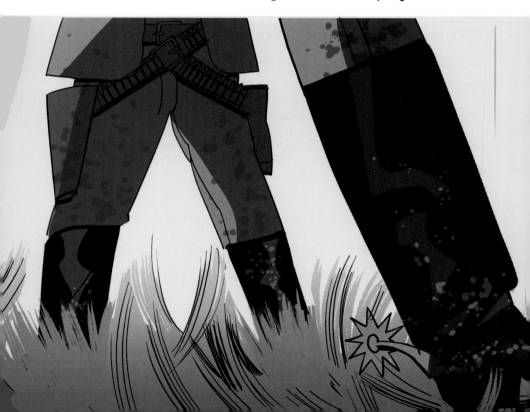

Santi y yo negamos con la cabeza.

—No, señor —dije—. No conocemos a ningún Samba.

—Error de nuevo —dijo el tipo tocándose el ala del sombrero—. Sabemos que le habéis visto. A ver si hacéis memoria: ese crío es negro. Tiene una cadena colgando de un brazo. Y se ha escapado de una plantación de algodón. Voy a preguntarlo otra vez: ¿lo conocéis?

Estaba claro que se referían a Nazarius.

Y no parecía que quisieran nada bueno para él.

Mi hermano negó con la cabeza.

Yo no sabía qué hacer.

—No conocemos a ningún Samba, señor —repetí.

Eso era cierto.

—Tercer error... y último —dijo uno de los hombres, levantando el percutor de su revólver—. La cosa funciona así: después del tercer error, al que se equivoque de nuevo le pegamos un tiro. Podéis pensar: «Es injusto». Incluso podéis pensar: «¿Qué hemos hecho nosotros para meternos en este lío?» A mí, sinceramente, me da igual lo que penséis. Ahora bien, si volvéis a cometer un error, pum. Os pegamos un tiro.

Aquel tipo parecía hablar muy en serio.

Y daba mucho miedo.

Yo no quería delatar a Nazarius.

Pero tampoco quería que aquellos dos tipos de bigotes enormes nos pegaran un tiro a mi hermano y a mí.

—Última oportunidad —dijo el otro—. Puede que ese chico ahora no se haga llamar Samba: esos negros se escapan y se ponen cualquier nombre. Es un ladrón. Un fugitivo. Sabemos que le habéis visto. ¿Dónde está?

Los dos nos apuntaron con sus pistolas.

No parecían nerviosos.

No parecía que fuera la primera vez que apuntaban a un niño.

No parecían tener ningún problema en disparar.

De hecho, tenían toda la pinta de estar muy acostumbrados a apretar el gatillo.

—Si has visto a ese Samba, díselo, enano —dijo mi hermano.

—Buen consejo —replicó uno de los hombres.

—No tenemos todo el día —dijo el otro—. Tres... dos... uno... y...

Y...

¡Se escuchó un disparo!

¡Y luego, otro!

¡Y otro más!

Pero no eran ellos dos los que habían disparado.

Alguien disparaba sin parar... ¡desde la parte de abajo del cobertizo!

Mi hermano y yo nos agachamos y nos cubrimos con los brazos.

Desde allí pudimos ver al autor de los disparos...

El tipo vestido de negro.

¡El Reverendo Garrett!

Disparaba sus dos pistolas.

Una en cada mano.

Mientras subía por la escalera de madera.

Y eso no era todo.

Detrás de él aparecieron mi padre y Mari Carmen con sus rifles...

¡Y también disparaban!

Los dos hombres reaccionaron rápidamente.

Se agacharon.

Tomaron impulso.

Y sin pensarlo...

¡Saltaron por la ventana!

Cayeron rodando por un tejadillo del cobertizo.

Hasta el suelo.

Allí se pusieron en pie.

Abajo los estaban esperando otros dos tipos con caballos.

Iban vestidos con los mismos uniformes y los mismos sombreros.

¡Y también llevaban bigote!

En un abrir y cerrar de ojos, los cuatro estaban montados en sus caballos.

Galopando a toda velocidad.

El Reverendo Garrett no dejaba de dispararles desde la ventana.

Los cuatro tipos uniformados desaparecieron del pueblo en pocos segundos.

–¡Mierda! –dijo Garrett–. Han escapado. No me gusta malgastar balas.

Mi padre se acercó a nosotros.

–¿Estáis bien, niños?

Mi hermano y yo nos incorporamos.

–Perfectamente –dijo Santi.

–Yo casi me hago pis –dije.

Mi padre nos abrazó con mucha fuerza.

–Vi a esos tipos merodeando por el cobertizo hace un rato –dijo mi padre.

–Yo también los vi entrar en el pueblo, y me dieron mala espina –dijo el Reverendo Garrett.

—Gracias por venir a ayudarnos –dijo Mari Carmen mirando al pistolero.

–Yo solo habría podido con ellos –musitó mi padre–, pero de todas formas se lo agradecemos.

–No me gusta que unos extraños disparen a mis empleados –dijo él señalando a mi hermano–. ¿Estás bien, muchacho?

–Sí, Reverendo Garrett –contestó enseguida Santi.

–A mis empleados solo les disparo yo –añadió Garrett.

–Bueno, eso de «empleado» tenemos que hablarlo –dijo mi padre.

–¡Papá, por favor! –dijo Santi.

–Prometo que cuidaré de este muchacho –dijo el Reverendo Garrett.

–Ya veremos –dijo mi padre, no muy convencido.

Yo me puse en pie.

–¿Por qué le llaman reverendo? –pregunté–. ¿Es usted cura?

El Reverendo Garrett sonrió.

Se notaba que le costaba sonreír.

Seguramente no estaba acostumbrado.

–Es una historia muy larga, chico –respondió–. A lo mejor algún día, si estoy de humor, te la cuento.

Entonces subieron también Susana y María.

–¿Qué ha pasado? –preguntó María.

–¡Hemos oído disparos! –dijo Susana–. ¿Le han pegado un tiro a alguien?

—De momento no, señoritas –dijo Garrett.

—¡Ahí va, el tío de negro que se carga a todos! –dijo Susana.

—Supongo que te refieres a mí –respondió Garrett–. Ahora tengo que irme. Muchacho, empiezas a trabajar dentro de media hora. Te veo en el saloon.

—Sí, señor –dijo Santi cruzando una mirada con mi padre.

Mi hermano parecía muy impresionado con Garrett, y le hablaba con respeto y admiración.

Sin más, el Reverendo Garrett dijo:

—Cuídense.

Y se marchó.

—Bueno, bueno... Unos disparitos y ya estamos todos despiertos –dijo mi padre.

—Eso parece –dijo Santi.

—¿Qué hora es? –preguntó Susana.

—Son casi las dos de la tarde –dijo Mari Carmen–. Hora de ponerse en marcha. Tenemos que encontrar una tormenta eléctrica, un agujero negro o lo que sea para salir de este lugar y volver a casa de una vez por todas.

—Un momento, por favor. Tengo algo que anunciaros –dijo mi padre, muy solemne–. Tachán... ¡Ha llegado el momento que todos estábamos esperando, ya te digo!

Todos le miramos.

¿A qué se refería?

¿Había encontrado alguna pista sobre el agujero negro?

¿Sabía cómo regresar a casa?

Nada de eso.

Mi padre anunció muy emocionado:

–Ha llegado el momento de vestirnos como auténticos cowboys.

14

¡Menuda pinta teníamos!

Los tres chicos íbamos vestidos exactamente igual: mi padre, mi hermano y yo.

Botas de cuero oscuras.

Pantalones negros.

Camisa blanca.

Chaleco negro con adornos dorados.

Pañuelo marrón en el cuello.

Y sombrero de cowboy.

Mari Carmen, María y mi hermana Susana también iban igual.

Las tres clavaditas.

Vestido largo de color rojo oscuro.

Con flecos y adornos blancos y negros.

Pañuelo blanco y negro en el cuello.

Y también sombrero a juego.

Mi padre, Mari Carmen y Santi, además, llevaban sus rifles.

—¡Odio este traje! —dijo María—. ¡No me gusta ir con falda!

—No es una falda: es un vestido —dijo Mari Carmen.

—En el Oeste las mujeres no llevaban pantalón —explicó Susana.

—Eso es una tontería, listilla —replicó María.

—Oye, a mí no me llames listilla —contestó Susana—. Solo Billy el Niño tiene permiso para llamarme así.

—Si crees que Billy te va a dar un beso, lo llevas claro —dijo María sonriendo.

—Y si tú crees que te vas a salir con la tuya por tu sonrisita y tus hoyuelos, estás muy equivocada —dijo Susana—. Billy no es de esos.

—¡Ya está bien, niñas! —dijo Mari Carmen—. No sé quién es ese Billy el Niño, pero no os vais a pelear por un chico, es lo que me faltaba por oír. Los hombres no nos llegan ni a la suela de los zapatos a las mujeres. ¿Lo habéis entendido?

Ellas dos se quedaron calladas por un momento.

—¿Y tú lo has entendido también, Sebastián Balbuena? —preguntó Mari Carmen a continuación.

—Ya te digo —dijo mi padre, tragando saliva y ajustándose su pañuelo.

Mi padre había conseguido ropa y algo de comida en el colmado del pueblo.

El colmado era como una tienda en la que tenían de todo: comida, ropa, herramientas, pistolas, medicinas y hasta muebles.

Como no tenía dinero, mi padre les había dado a cambio su reloj digital.

Los de la tienda se habían quedado maravillados al ver aquel aparato y le habían dicho que podía volver cuando quisiera.

Comimos una especie de carne reseca con pan.

Y leche.

Eso era lo que había conseguido mi padre.

La verdad es que no sé si estaba muy bueno, pero tenía tanta hambre que me supo genial.

Después de aquel desayuno comida, fuimos a la calle principal del pueblo.

Lo peor no era que tuviésemos que ir los seis vestidos iguales, como si estuviésemos en carnaval.

Ni que mi padre nos hubiera traído ropa sin consultarnos.

Ni que las botas me apretaran.

Ni que el sombrero me quedara grande.

Ni tener que llevar un pañuelo en el cuello.

Lo peor fue que tuvimos que dar un paseo vestidos así por la calle principal del pueblo.

–Ya es hora de que conozcan aquí a los Balbuena –dijo mi padre.

Dio un paso con sus botas nuevas.

Parecía encantado.

–Mari Carmen, tú delante, por favor –dijo haciendo una reverencia con el sombrero en la mano.

Después nos hizo un gesto a los demás para que le siguiéramos.

Dicho y hecho. Los seis caminamos por la calle principal, ante la mirada de todos.

–Si queremos descubrir cómo salir de aquí, tenemos que pasar inadvertidos –dijo mi padre, muy seguro–. Hay que comportarse igual que ellos, comer lo mismo... y vestirnos igual.

Caminamos un buen rato por la calle.

Black Rock era el típico pueblo del Oeste.

Calles de tierra, que cuando llovía se convertía en un lodazal.

Casas de madera de una o dos alturas.

El saloon.

La barbería.

La cárcel.

El banco.

La herrería.

La oficina de telégrafos.

El colmado.

Y lo más importante.

Hombres y mujeres a caballo y en carretas por todas partes.

–¿Os habéis dado cuenta? –dijo mi padre–. Con esta ropa, pasamos completamente inadvertidos.

Pude ver al otro lado de la calle un grupo de viejos que nos señalaban.

Creo que estaban murmurando cosas sobre nosotros.

También pude ver a unas señoras asomadas a una ventana de una casa, mirándonos fijamente y cuchicheando.

En la puerta del colmado había un grupo de personas que no nos quitaban ojo.

Incluso una familia que cruzó en una carreta tirada por caballos nos miraba.

Era como si el pueblo entero nos estuviese observando.

–Papá, yo creo que inadvertidos no pasamos –dije.

Éramos la novedad de Black Rock.

Los forasteros.

–Pues os voy a decir una cosa –dijo Mari Carmen–. Estos vestidos del Oeste son un poco incómodos, pero la verdad es que favorecen mucho.

–Yo me veo guapísima –dijo Susana–. ¡Cuando volvamos a casa, pienso ir así vestida al colegio todos los días!

–¡Odio llevar falda! –protestó María.

–¡Se van a morir de envidia en el colegio! –repitió Susana.

–No te hagas ilusiones, enana –dijo Santi a mi hermana–. De momento no tiene ninguna pinta de que vayamos a regresar a casa.

–Bueno, bueno... Eso ya se verá –dijo mi padre–. Seguro que en este desierto hay unas tormentas eléctricas de aúpa. No puede ser casualidad que hayamos aparecido justo aquí.

–¿Cuándo crees que podremos volver a casa, papá? –pregunté esperanzado.

–Muy pronto –respondió él–. Ya te digo.

Pasamos delante de la cárcel.

De su interior salió el sheriff Derryll Smith.

–Sheriff, muy buenas tardes –dijo mi padre.

Derryll se ajustó su sombrero de copa y nos miró de arriba abajo.

–Buenas tardes... –dijo–. Perdone, ¿nos conocemos de algo?

–Ja, ja, ja, ja, ja… Qué hombre este –dijo mi padre–. Pues claro que nos conocemos. Lo que pasa es que a lo mejor, como ahora vamos vestidos de paisano, pues no nos ha reconocido, claro... Somos los Balbuena, y aquí unas vecinas. Somos los que dejó salir anoche de la cárcel...

Mi padre le guiñó un ojo.

–¿Y por qué les dejé salir, si se puede saber? –preguntó muy serio.

No me lo podía creer.

Ya me veía otra vez dentro de esa horrible celda.

–Pues nos soltó porque no habíamos hecho nada malo –respondió Mari Carmen, sin darle mayor importancia.

Mari Carmen continuó caminando.

Nosotros la seguimos.

–Qué mujer, ¿eh? –dijo mi padre, que se había quedado algo retrasado–. Tiene un carácter que ya, ya...

–Balbuena me ha dicho, ¿verdad? –preguntó Derryll–. Si me permite que le dé un consejo, no le lleve nunca la contraria a una mujer. Se lo digo por experiencia: he estado casado dos veces... Bueno, tres veces si contamos a aquella cuáquera tan simpática... Espere, espere, no, no, no... Han sido cuatro veces, que ya no me acordaba de la primera boda en San Luis. Ufffff, necesito un trago urgentemente. ¿Me acompaña?

–Esto... No sé... Precisamente estábamos dando un paseo toda la familia –dijo mi padre.

–Es temprano para el saloon –respondió él–. Voy a hacer una visita al doctor Morgan. Ese matasanos tiene el mejor whisky

de Black Rock. Seguro que ahora mismo está pasando consulta y tomando un buen trago. Venga, vamos.

¿El médico pasaba consulta mientras bebía whisky?

Desde luego, las cosas eran muy distintas allí.

Mi padre dudó un instante.

–Tratándose de un médico, un hombre de ciencias, no me puedo negar. A lo mejor le puedo hacer algunas preguntas interesantes. De acuerdo, sheriff, voy con usted –dijo mi padre. Y a continuación se dirigió a nosotros–. Mari Carmen, seguid vosotros el paseo, por favor, que yo voy con el sheriff Derryll a ver al doctor...

Inmediatamente, mi padre y el sheriff desaparecieron por una callejuela.

Los demás seguimos nuestro paseo por el pueblo.

Al pasar por delante, vi el reflejo de mi imagen en el escaparate de la barbería.

Con el sombrero.

Y las botas.

La verdad es que no tenía tan mala pinta como yo pensaba.

Incluso las gafas me quedaban mejor con esa ropa.

Me giré un poco el sombrero hacia un lado.

Parecía un auténtico cowboy.

Continuamos caminando.

Unos metros más adelante, apareció otro conocido.

Me di cuenta de que para llevar solo veinticuatro horas allí, la verdad es que ya conocíamos a unos cuantos personajes del lugar.

–Vamos, chaval, empieza tu jornada de trabajo –dijo una voz desde el centro de la calle.

Nos giramos.

Allí, sobre un enorme caballo negro, estaba el Reverendo Garrett.

–Empieza tu jornada –repitió desde lo alto del caballo–. Tienes que ganarte el sueldo.

–Sí, Reverendo –dijo Santi dando un paso adelante.

–¿En qué consiste tu trabajo, Santi? –preguntó María.

Yo también estaba preguntándome lo mismo, aunque no me había atrevido a decirlo en voz alta.

¿Qué trabajo podía hacer mi hermano para un pistolero?

No se me ocurría nada.

—El trabajo de este chico es muy pero que muy importante —dijo Garrett observándonos desde su caballo—. Tiene que recoger mi sombrero cada vez que se me caiga al suelo.

¿Recoger el sombrero?

¿Había oído bien?

En ese momento, una carreta pasó por la calle a toda velocidad.

El caballo del Reverendo relinchó y dio un bote.

Del movimiento, el sombrero de Garrett salió volando.

Y cayó al suelo.

En medio del barro.

Santi cruzó una mirada con su nuevo jefe.

Y salió disparado hacia el sombrero.

Al cruzar la calle, mi hermano tuvo que apartarse para que no se lo llevaran por delante dos vaqueros que pasaban con sus mulas.

Luego tuvo que retroceder ante la aparición de otra carreta.

Por fin, se agachó y agarró el sombrero.

Lo limpió con la manga de su camisa.

Y se lo dio al Reverendo Garrett.

Él lo cogió sin inmutarse y se lo puso con mucho ceremonial.

—Un auténtico pistolero puede ser un mentiroso, un ladrón, o incluso un traidor si hace falta —dijo muy serio—. Pero un auténtico pistolero jamás pierde su sombrero.

Garrett arreó a su caballo y siguió adelante.

Mi hermano salió corriendo detrás de él.

¡Menudo trabajo!

¡Recoger un sombrero!

¡Y luego decían que los raros éramos nosotros!

—¡Ten mucho cuidado, Santi! —gritó Mari Carmen.

Pero mi hermano ya estaba corriendo y no la escuchó.

Un rato después, llegamos frente al saloon.

En la puerta, apoyada en un poste de madera, había una mujer.

Era muy guapa.

Con la piel muy blanca y el pelo muy oscuro.

Tenía el pelo recogido en un moño muy alto.

Llevaba un vestido oscuro, desgastado.

Y dos pistoleras cruzadas en la cintura.

Estaba allí, fumando un largo cigarrillo.

—Es Vienna Miller —nos dijo Mari Carmen nada más verla—. La dueña del saloon y alcaldesa del pueblo.

Imponía verla allí con esas enormes pistolas.

Nosotros no lo sabíamos, pero esa mujer era una leyenda.

En un lugar donde los hombres parecían ser los únicos que disparaban, Vienna era respetada por todos.

–Es la persona más importante de este lugar –dijo Mari Carmen señalando a aquella mujer.

Vienna nos miró desde el otro lado de la calle.

Y a continuación, entró de nuevo en el saloon.

–Voy a hablar con ella un rato. A lo mejor nos puede ayudar –dijo Mari Carmen–. Me da buena espina.

Nos miró muy seriamente.

Pensé que Mari Carmen nos iba a echar una charla.

Que nos iba a decir que nos quedáramos allí sin movernos.

O que volviéramos al cobertizo y nos quedásemos dentro.

O que nos portásemos bien.

Que no hiciésemos travesuras.

Que no nos metiéramos en ningún lío.

Pensé que iba a decirnos esas cosas que dicen siempre los mayores.

Pero no dijo nada de eso.

Desde que habíamos llegado a Black Rock, incluso eso era diferente.

Mari Carmen cambió la expresión de su rostro y dijo:

–Haced lo que os dé la gana –dijo–. Pase lo que pase, a las diez en punto nos vemos aquí otra vez. Hala, pasadlo bien. Si tenemos suerte, este será vuestro primer y último día en un pueblo del Oeste.

15

Una luz blanca inundó todo el pueblo.

Una luz cegadora.

Duró dos o tres segundos.

Y desapareció.

Igual que la luz de un relámpago.

Igual que la luz de un enorme rayo.

Igual que...

¡Igual que la luz del parking!

Esa luz que nos había transportado en el tiempo y el espacio.

¡La luz había salido del interior de un almacén!

Un destartalado almacén en un extremo de la calle.

Justo al lado de la herrería.

Susana, María y yo nos acercamos al almacén.

Ya era de noche.

Aquella luz había deslumbrado el pueblo entero.

Sin embargo, a nadie parecía haberle llamado la atención.

Tal vez no la habían visto.

Había durado muy poco.

O ya estaban acostumbrados.

O no parecía interesarles.

Pero nosotros tres, desde luego, sí que la habíamos visto.

Teníamos que descubrir qué pasaba allí.

A lo mejor aquel almacén de la herrería, aquella luz, tenía algo que ver con nuestro viaje en el tiempo.

Caminamos hasta la puerta con mucho cuidado.

Era una casa de madera vieja y casi abandonada.

–¿Qué hacemos? –preguntó María–. ¿Intentamos asomarnos sigilosamente por la ventana?

–También podemos dar la vuelta y ver si hay una entrada trasera –dije–. No sabemos lo que podemos encontrarnos ahí dentro.

–O también podemos llamar a la puerta y presentarnos –dijo Susana.

–¿Pero cómo vamos a hacer eso? –pregunté alarmado.

–Así –dijo mi hermana.

Susana dio un paso y golpeó la puerta con la mano.

–Buenas noches. ¿Se puede? –dijo.

Si había algún peligro ahí dentro, no parecía la mejor forma de afrontarlo.

Pero mi hermana era así.

Hacía lo que le daba la gana.

Siempre.

Sin consultar con nadie.

Alguien contestó desde el interior del almacén.

–¡La puerta está abierta!

Nada más.

–Bueno, pues ya lo habéis oído –dijo mi hermana mirándome–. La puerta está abierta.

–Y claro, tengo que pasar yo primero porque soy el mayor, ¿verdad? –dije.

–Exactamente, hermanito. Yo ya he hecho mi parte del trabajo –respondió ella–. Ah, y os pido por favor que no hagáis manitas al entrar, aunque estéis un poco asustados.

–Y dale –dijo María–. ¿Es que no vas a dejar nunca de repetir eso?

–Hummmmmmmmm... Creo que no –dijo Susana.

–Ya está bien –dije–. Vamos de una vez.

Empujé la puerta del viejo almacén junto a la herrería.

Y entramos.

Lo que vi me dejó atónito.

Dentro de aquel lugar había...

¡Una máquina gigante con tubos y pararrayos!

Nunca en mi vida había visto nada parecido.

La máquina ocupaba prácticamente todo el interior de la casa.

Y llegaba hasta el techo.

Los tres contemplamos la máquina con los ojos muy abiertos.

–¿Esto qué es? –preguntó María en voz baja.

–Pues... es... –dije yo–, es... es... No tengo ni idea.

–¡Me encanta! –dijo mi hermana acercando una mano a uno de los tubos.

Una voz que parecía venir del interior de la máquina dijo:

–¡Eh, se mira pero no se toca!

Los tres dimos un respingo del susto.

Allí no parecía haber nadie.

Solo aquel enorme chisme metálico.

–¿Hola? –dijo Susana–. ¿Hay alguien?

La voz contestó de nuevo:

–Sí, claro que hay alguien, señorita. A ver si te crees que esta máquina de tormentas se ha hecho sola –contestó la voz.

Y por fin pudimos ver de quién se trataba.

Un hombre asomó el rostro desde el interior de un tubo.

Tenía el pelo completamente blanco.

Y estaba muy sucio, lleno de grasa por todas partes.

–¿Podéis tirar de mí, por favor? –preguntó aquel hombre–. Es que me he quedado atascado en el tubo de centrifugación secundario.

Asomó una mano también, pidiendo ayuda.

No podía moverse.

Los tres le agarramos y...

Tiramos con todas nuestras fuerzas.

¡Hasta que al fin aquel hombre salió del tubo!

Los cuatro caímos al suelo.

Entonces pudimos verle mejor.

Tenía los ojos y la nariz muy pequeños.

El pelo, blanco alborotado.

Llevaba una bata blanca también, llena de grasa.

En la mano izquierda sujetaba una herramienta, una especie de llave inglesa.

–Buenas noches. Soy Miguel Cobbertain, inventor y herrero. Encantado –dijo.

–¿Ha dicho inventor? –preguntó María.

–¿Ha dicho máquina de tormentas? –pregunté yo.

–¿Ha dicho Cobbertain? –preguntó Susana–. Me encanta ese nombre... Es tan... tan... francés.

–Mis padres eran emigrantes franceses, de París –dijo–. Aquí todo el mundo me llama Cobb.

–Yo prefiero Cobbertain, si no le importa –dijo Susana–. Nunca había conocido a nadie de París. Mi nombre es Susana Balbuena. *Enchanté.* Es que estoy estudiando francés en el colegio, ¿sabe?

—Ah, muy interesante —respondió el hombre—. Yo hablo francés, inglés, español, alemán, portugués y sioux. Los idiomas son el pasaporte para conocer el mundo.

—Eso mismo digo yo siempre —dijo Susana—. De mayor quiero ser inventora... Bueno, y trompetista y piloto de aviones también. Y maestra. Pero sobre todo quiero ser... francesa.

Mi hermana en estado puro.

Siempre sabía de todo más que nadie.

—¿Aviones? ¿A qué te refieres? —preguntó Cobb.

—Claro, usted no... —dijo Susana—. Los aviones son como... globos, eso es, globos que vuelan por el aire con personas dentro...

—Muy interesante —volvió a decir Cobb, pensativo.

—Perdón que interrumpa esta apasionante charla —dije—. Pero eso que ha dicho de una máquina de tormentas... O sea, ¿con esta máquina puede crear una tormenta con rayos y truenos y esas cosas?

—No es tan fácil, chiquillo —dijo Cobb pasándose un pañuelo por el rostro—. De momento, solo detecta dónde y cuándo va a haber una tormenta.

Susana, María y yo nos miramos.

¿Había dicho que aquella máquina...

... podía saber cuándo y dónde iba a haber una tormenta?

—Pero eso... eso es la bomba... Es el mejor invento del mundo —dijo María.

—Bueno, yo no diría tanto —explicó Cobb—. Mi objetivo es llegar a fabricar tormentas cuando sean necesarias. Y acabar así con las sequías, por ejemplo. Imaginaos, se acabarían casi todos los problemas del mundo. El agua es la fuente de la vida: podríamos tener cosechas abundantes por todas partes... Eso sí que sería... la bomba, como tú has dicho.

–Eso de solucionar los problemas del mundo está muy bien –dije yo–, pero, por ahora, ¿podría decirnos dónde y cuándo habrá una tormenta eléctrica con rayos y truenos?

–Claro, eso es muy fácil –dijo Cobb.

Nosotros tres nos miramos de nuevo.

Aquella máquina.

Aquel hombre con el pelo blanco.

Podían ser la solución.

Podía ser nuestro billete de regreso a casa.

Cobb se dirigió a una parte de la máquina llena de válvulas y botones rojos.

–Este es el proyecto de toda mi vida –dijo–. Y no creáis que estoy aquí por casualidad. Exactamente aquí, en Black Rock, en mitad del desierto, se va a producir la mayor tormenta eléctrica de la que se tiene noticia. Una tormenta que hará historia. Cerca del pueblo, en un lugar llamado el Valle de los Profetas.

–Perdone que le haga tantas preguntas –dije yo–. Pero esa tormenta histórica, ¿cuándo va a ocurrir exactamente?

–Anda este –dijo Cobb–. ¿Pues cuándo va a ser?

Susana, María y yo tragamos saliva.

Cobb sonrió.

Dejó la llave inglesa, o lo que fuera esa herramienta, sobre un tubo.

Se acercó a nosotros.

Y dijo:

—La tormenta eléctrica más grande de todos los tiempos ocurrirá al amanecer.

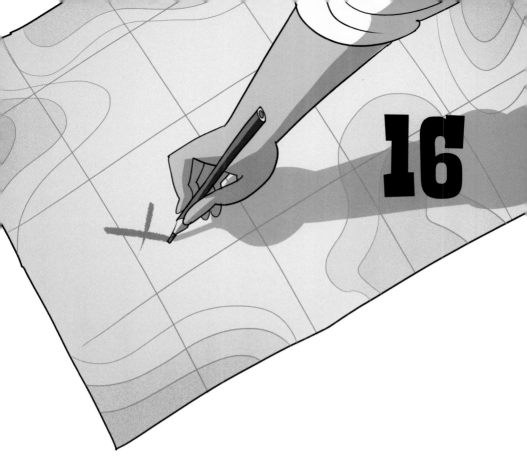

16

Cobb sacó un mapa y lo puso sobre la mesa.

–Esto es Black Rock –dijo marcando una X sobre el mapa.

–Pero ahí no aparece ningún pueblo ni ninguna ciudad –dijo María.

–Pues claro que no aparece, niña –respondió Cobb, como si fuera lo más natural del mundo–. En esta zona del país, cada día se crea un pueblo nuevo. Es imposible que aparezcan todos.

Cobb no parecía un herrero.

Nos contó que había estudiado las tormentas desde muy joven.

Primero, en la Universidad de la Sorbona, en París.

Y luego, por lo visto, había viajado por todo el mundo.

Persiguiendo tormentas.

Había visto tormentas increíbles en muchos sitios.

En las costas de Groenlandia.

En mitad del Pacífico.

En el desierto de Atacama, en Chile.

En Japón.

Y ahora...

Ahora estaba preparado para vivir una tormenta eléctrica sin precedentes.

Allí mismo.

A las afueras de Black Rock.

Señaló de nuevo el mapa.

—Este es el Valle de los Profetas —dijo señalando una gran explanada junto al pueblo—. Un lugar sagrado para los sioux. Ahí es donde tendrá mayor intensidad la tormenta. Será el epicentro, por llamarlo de alguna forma.

Aquello podía explicarlo todo.

Si esa tormenta iba a ser tan increíble como decía Cobb, podía ser el origen del viaje en el tiempo.

No soy científico.

Ni un especialista en agujeros negros.

Pero no podía ser una casualidad.

Todo había empezado con una gran tormenta eléctrica.

Y justo ahora iba a haber otra tormenta eléctrica grandísima.

Una cosa tenía que estar relacionada con la otra.

Estaba claro: ¡por eso habíamos aparecido en aquel lugar!

Todo tenía sentido.

–Tenemos que contárselo a papá cuanto antes –dije.

–¿Le interesan las tormentas a tu padre? –preguntó Cobb, extrañado.

–Un montón –dije.

–Y a mi madre también –añadió María.

–Y a mi hermano –dijo Susana–. Somos muy de tormentas nosotros.

–¿De dónde habéis dicho que sois? –preguntó el herrero.

–Verá, señor Cobbertain, somos de un sitio que se llama Moratalaz –dijo Susana–. En cierto modo, es un lugar muy parecido a Black Rock. Allí mi padre es el sheriff. Hay bandidos. Y malos. Y también hay tormentas eléctricas.

–No me digas –dijo Cobb–. Nunca había oído hablar de... Moratazal...

–Moratalaz –le corrigió Susana.

–Moratalzar –dijo él.

–Acabado en zeta –volvió a corregirle Susana–: «laz».

–Laz.

–Ahora, todo junto: Moratalaz.

–Moratalaz –dijo al fin Cobb.

–¡Eso es! ¡Bravo! –aplaudió mi hermana–. ¿Habéis visto qué bien dice «Moratalaz» el señor Cobbertain?

—Sí, es asombroso –dije, cansado de escucharles repetir lo mismo–. Es casi tan increíble como una tormenta eléctrica.

—Ah, es verdad: la tormenta –dijo Susana.

—Exacto –dije–. Tenemos que buscar a papá y a Mari Carmen y Santi... y contárselo... Se van a quedar con la boca abierta.

—Otra cosa –dijo María mirando a Cobb–. Estamos buscando unas bicicletas de color rojo... que tal vez usted haya visto... Unos niños nos dijeron ayer que estaban en la herrería.

—Sí, sí. Se las llevaron esos mocosos ayer... Las otras tres están en el patio trasero –dijo Cobb–. Son muy raras esas bicicletas. ¿Son de Mo... Moratalaz?

—Muy bien –dijo Susana.

—Sí señor, son de Moratalaz –dije–. Es que somos un poco raros allí. Si le parece bien, vamos a cogerlas.

—Por supuesto, si son vuestras...

Salimos al patio trasero.

Apoyadas contra una valla, estaban las kawasakis.

Las tres más grandes.

Poco a poco, las cosas iban encajando.

Habíamos recuperado tres bicicletas.

Y lo más importante.

¡Sabíamos dónde se iba a producir una gran tormenta eléctrica!

Ahora tendríamos que contárselo a los demás.

Y buscar las otras tres bicicletas.

Y muchas más cosas.

No había tiempo que perder.

Para recuperar las otras kawasakis, teníamos que encontrar a...

–¡Billy el Niño! –dijo María.

–Eso es –dije–. Tenemos que encontrar a Billy, y Alicia, y...

–Pues ahí los tienes –dijo María señalando a lo alto–, delante de ti.

Levanté la vista.

Efectivamente.

Ahí estaban los cuatro: Billy, Alicia, Toro Inquieto... y Nazarius.

Estaban subidos a lo alto de la valla de la herrería.

–Hola, raritos –dijo Alicia.

–Hola –dijo Susana–. Mi padre no se cree que hayamos conocido a Alicia en el País de las Maravillas y a Toro Sentado.
Tenéis que venir a saludarle.

–Me llamo Alicia Maravillas –le corrigió ella.

–Yo, Toro Inquieto.

–Bueno, como sea –dijo Susana.

–Os estábamos buscando –dijo Nazarius, que aún tenía la cadena colgando del brazo.

–Y nosotros también –dije yo–. En realidad, todavía no habíamos empezado a buscaros, pero estábamos a punto, así que
es fenomenal que todos nos estemos buscando, qué bien. Si no
os molesta, necesitamos recuperar nuestras bicicletas. Es muy
importante.

–¿Anoche queríais pegaros y ahora sois amigos? –preguntó
María mirando a Nazarius.

—Sí, Hoyuelos —respondió Billy—. Desde anoche han pasado muchas cosas.

—Bueno. Entonces, ¿qué me decís de las bicicletas? —pregunté.

—Tch, tch, tch. Muy mal, Cuatro Ojos —dijo Billy el Niño—. Las cosas se piden por favor.

—Devolvednos las bicicletas, por favor —dije yo.

No había tiempo que perder, y si tenía que decir «por favor», lo diría todas las veces que hiciera falta.

—Por cierto, ¿por qué nos estabais buscando? —preguntó María.

—Porque ha pasado una cosa increíble —dijo Alicia Maravillas.

—¿Otra? —pregunté asustado.

—Ha estallado —dijo Billy.

—¿Qué ha estallado? —preguntó mi hermana.

—La guerra —respondió Billy.

—¿Qué? —pregunté yo.

—Esta noche estallar guerra con sioux —dijo Toro Inquieto, muy serio.

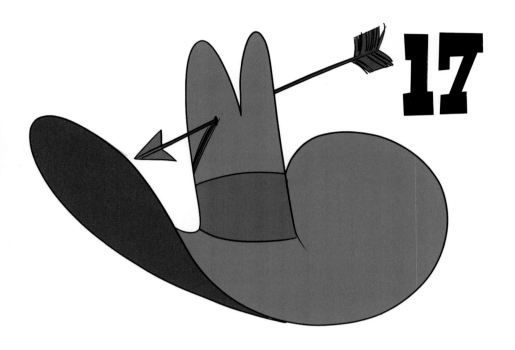

17

Salimos al camino que había junto a la herrería.

Bajo la luz de la luna.

Allí estábamos los siete.

Billy el Niño.

Alicia Maravillas.

Toro Inquieto.

Adam Nazarius.

María Hoyuelos.

Susana Listilla.

Y Cuatro Ojos.

También conocido como Sebas.

O sea, yo.

Aún no lo sabíamos.

Pero muy pronto.

Antes de lo que imaginábamos.

Íbamos a hacer algo muy gordo.

Algo que lo cambiaría todo.

—¿Pero cómo va a estallar la guerra de repente? —pregunté.

—De repente no ha sido —dijo Alicia—. Esto viene de lejos. Ha habido muchos tratados de paz que se han roto.

—¿Y quién lucha en esta guerra? —preguntó María.

—Indios sioux —dijo Toro Inquieto.

—¿Contra quién? —insistió María.

—Contra hombre blanco —zanjó el niño indio—. Esta noche, desenterrar hacha de guerra.

—Uffffffffff —dijo Susana—. Pues fíjate: no le recomiendo esta guerra a los de tu tribu... Lo digo porque los hombres blancos son muchos más y tienen fusiles y cañones, y al final la cosa acaba mal para vosotros. Hazme caso...

—Susana, no debemos interferir en la historia —dije yo.

Todos me miraron sin entender qué quería decir.

—A ver, me refiero a que si han desenterrado el hacha de guerra, pues eso ya... no es plan volver a enterrarla el mismo día, ¿no? —improvisé.

–No lo entiendes, chico raro –dijo Billy–. En estos momentos, quinientos guerreros sioux están haciendo la danza de la guerra, y al amanecer van a atacar este pueblo.

–Qué de cosas van a pasar al amanecer –dijo Susana–. Hay que ver.

–Primera pregunta –dijo María–. ¿Por qué nos lo cuentas a nosotros?

–Vosotros tener aparatos extraños –dijo Toro Inquieto–. Vosotros tener telégrafo pequeño, y kaguasaki... Vosotros impedir guerra.

–Se cree que podemos parar una guerra con un móvil, a lo mejor –dijo Susana.

–Te agradecemos la confianza, Toro Inquieto, pero eso es muy difícil –dije yo.

—Segunda pregunta —dijo María—. ¿Por qué van a atacar este pueblo?

—Fácil: porque ser pueblo más cerca —dijo él—. Luego, atacar otros pueblos también.

—Esa es una buena razón —dijo Nazarius.

—Malditos pieles rojas —dijo Billy—. Habría que acabar con todos.

Los seis miramos a Billy.

Se había pasado.

—Bueno —trató de explicarse—, contigo no, Toro Inquieto, ya me entiendes, ni con tus familiares ni con tus amigos tampoco... Qué lío... ¿Alguien puede decir qué hacemos ahora?

—Pues está clarísimo —dijo Susana.

—¿Ah sí? —preguntó Alicia, interesada.

–Impedir la guerra –añadió mi hermana.

¿Cómo podían siete niños detener una guerra?

¿Cómo podíamos impedir que los guerreros sioux arrasaran Black Rock y mataran a todos sus habitantes?

Además, había otro detalle que no les habíamos dicho a nuestros nuevos amigos.

Un detalle muy pero que muy importante.

En unas pocas horas, caería la tormenta del siglo allí mismo.

Y nosotros volveríamos a Moratalaz.

O al menos lo íbamos a intentar.

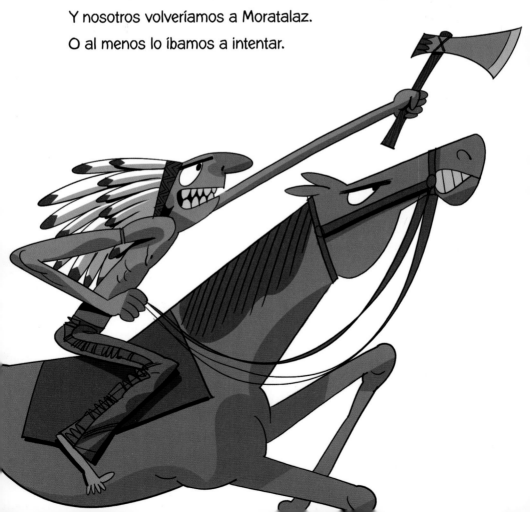

Las guerras indias.

Se llaman así las guerras que tuvieron lugar en América del Norte durante casi trescientos años.

Entre los colonos blancos y los indígenas de distintas tribus.

Entre otras, apaches, comanches, pies negros, cheyennes, arapahoes...

Y sioux.

Duraron hasta que se establecieron las fronteras definitivas de Estados Unidos.

En 1890.

Supusieron la muerte de miles de indios nativos.

Y también de muchos colonos.

En esa época se firmaban continuamente tratados de paz, que rompían unos y otros por cualquier motivo.

Sobre todo, porque los nuevos habitantes blancos de aquellas tierras cada vez expandían más y más sus fronteras.

La convivencia fue muy complicada.

Aquella noche, delante de nosotros, iba a estallar otra de esas guerras indias.

Al parecer, quinientos indios sioux se estaban preparando para vengar un ataque que habían sufrido ese mismo día.

–¿Pero quién ha atacado primero? –preguntó María.

—Hombres blancos atacar poblado por sorpresa —dijo Toro Inquieto—. Luego escapar.

Habíamos regresado al interior del pueblo.

Estábamos frente al saloon.

Con las seis bicicletas.

Tratando de entender qué había pasado.

Y también pensando qué podíamos hacer.

—¿Y quiénes son esos blancos que han atacado? —preguntó Susana—. Es que no me entero.

—No son del pueblo, eso seguro —dijo Alicia—. Aquí todo el mundo sabe que hay un tratado de paz con los sioux, y que es mejor no romperlo.

—Hombres malos —dijo Toro Inquieto—. Atacan mujeres y niños y hacen fuego poblado. Luego huyen.

—¿Pero tú los viste? —preguntó Billy.

—No ver —dijo Toro Inquieto—. Yo dormir. Pero gran jefe Alce de la Montaña decir que ser cuarenta blancos. Grandes bigotes. Grandes sombreros. Ellos vestir uniformes viejos. Huir caballos.

—¿Grandes bigotes? —preguntó Nazarius, como si eso le hubiera recordado algo.

Miré a María y a Susana.

Podría ser que...

—Escucha, Nazarius —dije yo, preocupado—. Esta tarde, en nuestra casa, también han aparecido unos tipos con grandes bigotes y vestidos de uniforme. Te lo quería contar, pero con todo este lío de la guerra, pues se me ha pasado. Nos apuntaron con sus pistolas a mi hermano y a mí. Iban preguntando por un tal... Samba.

Nazarius se levantó como impulsado por un resorte.

—¡Samba no existe! —gritó.

Parecía muy enfadado.

—Ah, bueno, pues estarían equivocados —dijo María—. No te pongas así.

Pero Nazarius volvió a gritar:

—¡No existe!

Luego, dio media vuelta y se fue de allí.

Se puso a caminar con paso decidido hacia las afueras del pueblo.

—Parece que no le ha sentado muy bien eso de Samba —dijo Susana.

—¿Le pido perdón otra vez o...? —dije, sin saber qué hacer.

Él seguía caminando.

—Desde que escapó de la plantación, nadie le había ayudado hasta ahora —dijo Alicia—. Esta mañana, cuando os fuisteis, le trajimos comida y pudo descansar. Lo ha pasado muy mal. Lleva muchos días huyendo, cruzando caminos, ríos, colinas...

Le vimos alejarse.

Con su cadena colgando del brazo.

Voy a decir la verdad.

No esperaba encontrarme aquellas cosas ni aquellas personas en un pueblo del Oeste.

Un niño negro esclavo.

Indios y blancos en guerra.

Gente que se disparaba sin motivo.

En ese momento, pensé que era muy duro vivir en el Oeste.

También pensé que Nazarius se merecía que le ayudáramos.

El problema era que no sabía cómo hacerlo.

Teníamos que aprovechar la tormenta y volver a casa como fuera.

Pero también me gustaría ayudar a Nazarius.

De pronto se detuvo.

Parecía que estaba hablando consigo mismo.

No entendí lo que decía.

–¿Está hablando solo? –preguntó Susana.

A continuación, Nazarius dio media vuelta y volvió de nuevo hacia nosotros.

Caminó con decisión.

Y se plantó delante de los seis.

Estaba muy enfadado.

–Samba soy yo –dijo–. Me lo puso el dueño de la plantación. Cuando escapé, prometí que nadie volvería a llamarme así.

–Lo siento mucho –dije.

–Sé perfectamente quiénes son esos tipos de los bigotes –explicó Nazarius–. Son...

Parecía que le daba miedo decir su nombre.

–Son... los cuarenta de Wallace.

Alicia y Billy exclamaron un «¡Oooooooooooooh!» enorme.

Estaba claro que habían oído hablar de ellos.

–¿Son los dueños de la plantación de donde te escapaste? –preguntó María.

Era justamente lo mismo que yo estaba pensando.

–No –dijo Nazarius–. Los cuarenta de Wallace no son dueños de ninguna plantación. Son soldados. De la Confederación, del Sur.

–¡Los que perdieron la guerra de Secesión! –dijo Susana.

–¡Ostras! –dijo Billy–. ¡Los famosos cuarenta de Wallace! ¡En Black Rock!

–Soldados confederados armados hasta los dientes –explicó Alicia–. Bandidos que asesinan sin escrúpulos.

Nazarius nos explicó que aquellos soldados no se rindieron cuando acabó la guerra.

Era un escuadrón que iba por libre.

Su jefe había sido el tal coronel Wallace.

Muerto en la batalla de los Siete Días.

Ellos eran sus soldados.

Seguían vistiendo los viejos uniformes de la Confederación.

Y todos llevaban enorme bigotes en honor a su coronel muerto.

No respetaban ninguna ley.

Defendían la esclavitud.

La supremacía de los blancos.

Perseguían a los negros.

A los indios.

A los chinos.

A todos los que eran diferentes.

Pero sobre todo, y por encima de cualquier otra cosa, perseguían a muerte a los esclavos que huían.

Su lema era: «El futuro es blanco».

Esos eran los que habían incendiado el poblado sioux.

Los que habían entrado en el cobertizo y nos habían apuntado con sus pistolas.

Los que estaban persiguiendo a Nazarius.

Los cuarenta de Wallace.

–Si me encuentran, me ahorcarán en un árbol –dijo Nazarius–. Y a vosotros también. Es su afición favorita: acabar con
los esclavos huidos... y con todo aquel que los ayuda.

Se hizo el silencio.

Nos miramos.

Muy asustados.

Menudo panorama.

En pocas horas, quinientos indios sioux iban a arrasar el pueblo.

Por otra parte, cuarenta soldados sanguinarios y racistas querían colgarnos de una soga.

Y por si eso fuera poco, la única oportunidad que teníamos para
regresar a nuestro hogar... se presentaría esa misma noche.

Al alba.

Pues bien.

Aunque parezca increíble, durante los siguientes minutos se
nos olvidó todo aquello.

Como decía siempre el Calero, que es mi profesor de Historia:
«Lo urgente hace que te olvides de lo importante».

Y lo urgente, lo más urgente en esos momentos, era...

–¡O bailas ahora mismo o te acribillamos a tiros!

Aquella voz provenía del saloon.

Nos giramos.

Y allí vimos a alguien en la puerta.

A Mari Carmen.

Rodeada de una docena de vaqueros que llevaban botellas de whisky y pistolas en sus manos.

–A ver, caballeros, tampoco se pongan así... –trató de decir Mari Carmen–. Ya les he cantado unas bonitas canciones de mi tierra. Si es que lo de bailar en ese escenario, vamos, que no lo veo... Me van a permitir que me retire a mis aposentos...

–Aquí no se retira nadie hasta que hagas el baile –dijo uno de los vaqueros, muy borracho.

–Pero es que... –dijo Mari Carmen, asustada–, yo no... o sea, que preferiría no hacerlo. En realidad no se me da muy bien bailar. Y menos ahí en medio, rodeada de borrachos y...

Y le hizo un gesto con las dos manos.

Mari Carmen asintió.

Lo que ocurrió a continuación ya forma parte de la historia de Black Rock.

Nunca antes, ni después, aquellos vaqueros habían visto nada parecido.

MARI CARMEN PUSO SUS MANOS UNA ENCIMA DE OTRA.
MOVIÓ LA CINTURA, SACANDO EL CULO HACIA ATRÁS.

¡GANGNAM STYLE!

TODOS LOS PRESENTES SE QUEDARON MUDOS.
DEJARON DE DISPARAR. DE BEBER. HASTA DE RESPIRAR.

MARI CARMEN COMENZÓ A BAILAR SOBRE AQUEL ESCENARIO, MENEANDO LAS MANOS Y LAS CADERAS.

HACIA DELANTE.

HACIA ATRÁS.

COMO SI ESTUVIERA SOBRE UN CABALLO IMAGINARIO...

¡ESTABA HACIENDO EL BAILE DEL GANGNAM STYLE EN UN SALOON DEL OESTE!

LOS MÁS DE CIEN VAQUEROS QUE HABÍA ALLÍ DENTRO ESTABAN CON LA BOCA ABIERTA.

INCLUSO VIENNA MILLER HABÍA DEJADO DE FUMAR.

LOS VAQUEROS AHORA TOCABAN LAS PALMAS A SU RITMO.

EL SALOON ENTERO BAILABA.
¡EL BAILE DEL CABALLO LES ENCANTABA!
¡PARECÍA ESTAR HECHO PARA ELLOS!

ASÍ FUE COMO MARI CARMEN
SALVÓ SU VIDA
Y, DE PASO, ADELANTÓ
MÁS DE CIENTO CINCUENTA AÑOS
EL GANGNAM STYLE.

20

Después del bailecito, Mari Carmen pudo salir del saloon por fin.

Nos reunimos todos en el porche de la cárcel.

Allí estaba mi padre.

En una mecedora.

Con la mirada perdida.

Tal vez observando las estrellas en el cielo.

–¡Han pasado un montón de cosas, papá! –dije yo.

–¡Querían disparar a Mari Carmen en el saloon! –dijo Susana.

–¡Y hemos descubierto una máquina de tormentas! –dijo María.

–¿Una máquina de qué...? –preguntó Mari Carmen.

Les explicamos detenidamente lo que había ocurrido.

Todo lo que nos había contado el herrero.

Y el ataque de los sioux.

Y los confederados con bigote que buscaban a Nazarius, y que eran los mismos que habían entrado esa tarde en nuestro dormitorio.

–... Así que dentro de pocas horas habrá una tormenta eléctrica histórica aquí al lado –dijo María.

–¡Es nuestra oportunidad para regresar a casa! –dijo Susana.

–A la misma hora, los indios sioux arrasarán el pueblo –dije yo.

–Suponiendo que no lo hayan arrasado antes los cuarenta de Wallace –dijo María.

Mari Carmen nos observaba con los ojos muy abiertos.

–Por cierto, ¿quiénes son esos? –preguntó ella señalando a nuestros cuatro nuevos amigos, que estaban delante del porche, junto a las bicicletas.

Ellos mismos se presentaron:

–Billy el Niño.

–Adam Nazarius Scott.

–Alicia Maravillas.

–Toro Inquieto.

El niño sioux dio un paso adelante y añadió:

–Tribu mía matar muchos blancos al amanecer en este pueblo. Luego cortar cabellera.

Mi padre se tocó el bigote.

Parecía totalmente ido.

Emitió un largo suspiro.

¿Qué estaba pasando?

Un segundo después, Susana preguntó:

—¿Alguien ha visto a Santi?

Era verdad.

¡Mi hermano!

Siempre iba a su aire.

—Seguirá por ahí, recogiendo el sombrero del Reverendo —dije yo.

—No creo. El Reverendo está en el piso de arriba del saloon, jugando a las cartas —dijo Mari Carmen—. La última vez que vi a Santi salía del saloon, pero no sé adónde iba. Bastante tenía yo con evitar que me disparasen esos vaqueros.

—Mamá, has bailado muy bien, por cierto —dijo María.

—Gracias, cariño —dijo ella—. Si es que la cosa se ha liado a lo tonto: esta tarde me ha dado por recordar los viejos tiempos, cuando yo era la reina de los karaokes de Moratalaz. Y me he puesto a cantar con el pianista del saloon. Y bueno, pues esos cowboys de pacotilla se han creído que podían hacer lo que les diera la gana, ya lo habéis visto...

Mi padre emitió otro suspiro.

Le miré en aquella mecedora.

No podía entender qué le ocurría.

¿Por qué no reaccionaba?

Le agarré de la mano.

–Papá –dije–, ¿qué hacemos con la tormenta? ¿Y con los sioux? ¿Es que no vas a decir nada?

Esperaba que mi padre se pusiera en pie y dijera:

«No te preocupes, Sebas.

Vamos a solucionar esto.

Primero, encontraremos a tu hermano.

Después, evitaremos que los sioux ataquen el pueblo.

A continuación, entregaremos a la justicia a los cuarenta de Wallace.

Y por último, iremos al Valle de los Profetas con las bicicletas, nos pondremos bajo la tormenta y volveremos a casa».

Eso es lo que yo esperaba.

Pero lo que él dijo fue una cosa muy distinta.

Algo que no esperábamos.

Mi padre torció el gesto.

Se llevó la mano al bolsillo.

Y agarró un objeto que no podíamos distinguir.

Le sacó brillo con una mano.

Y luego se lo colocó en la solapa de su chaleco.

Era...

Era...

¡Una estrella de sheriff!

Todos dimos un paso atrás.

—Por Dios, Sebastián, ¿te han nombrado sheriff de Black Rock?
—preguntó Mari Carmen, asustada.

Mi padre asintió.

—¿Pero por qué?

—¿Cómo?

—¿Cuándo?

—¿Quién?

—¡Tienes que dimitir ahora mismo, papá! —dije yo.

—Tch, tch, tch. Mal asunto —dijo Billy—. La vida media de los sheriffs en este pueblo es de dos días.

Se abrió la puerta de la cárcel.

Del interior salió un hombre bajo, calvo y con un maletín en la mano.

—Os presento al doctor Morgan —dijo mi padre.

El doctor sacó una petaca de su chaqueta y dio un trago.

—Está entre la vida y la muerte. No sabremos nada hasta mañana por la mañana, viejo amigo —dijo el doctor Morgan poniendo una mano en el hombro de mi padre.

—¿Quién está entre la vida y la muerte? —preguntó Mari Carmen—. ¿Por qué te llama viejo amigo si le conoces desde hace un rato? ¿Es que no vas a explicar qué está pasando aquí, Sebastián?

Mi padre ahora sí se puso en pie.

—El sheriff Derryll Smith ha sido tiroteado, y está ahí dentro —añadió el doctor Morgan—. Es un buen tipo, uno de los mejores sheriffs que hemos tenido este mes. Espero que sobreviva.

Mi padre miró a Mari Carmen.

–No hace falta conocer a un hombre desde hace mucho tiempo para que se convierta en tu amigo –dijo mi padre–. El doctor y yo hemos compartido hoy muchas cosas que no olvidaré. Ya somos viejos amigos.

Mi padre y Morgan se dieron un abrazo.

–Vale, muy bonito, pero ¿qué vamos a hacer ahora, papá? –pregunté.

–Cuando fue acribillado a disparos por unos desalmados, Derryll me pidió que cogiera yo la estrella de sheriff y que hiciera justicia –dijo mi padre–. Y eso es exactamente lo que voy a hacer.

–Pero no tenemos tiempo para eso ahora –dijo Mari Carmen–. Hay que actuar rápidamente. ¡Hay que prepararse para la tormenta!

–¡El herrero ha dicho que va a ser la tormenta del siglo! –dijo Susana.

–¡Y luego está la guerra con los sioux también! –dije yo.

–Primero tenemos que resolver algo mucho más importante –dijo mi padre.

–¿Más importante que un ataque de quinientos sioux? –preguntó María.

–¿Más importante que volver a casa? –preguntó Susana.

–Sí –respondió seco mi padre.

Después cogió su rifle.

Dio unos pasos sobre el suelo de madera de aquel porche.

Y dijo:

—Los cuarenta de Wallace han estado aquí. Primero han acribillado a tiros al sheriff Derryll Smith. Después han apresado a Santi y se lo han llevado con ellos. Y me han dado un ultimátum: si no entrego a Samba antes del amanecer, colgarán a mi hijo.

21

—Los niños se quedan aquí esta noche —dijo Mari Carmen—. Estoy hablando muy en serio.

—Ya te digo —añadió mi padre.

Los dos cogieron sus rifles.

—Señor sheriff —preguntó Nazarius—, ¿me van a entregar a los cuarenta de Wallace?

Mi padre cargó su rifle.

—Por supuesto que no —dijo—. Ah, y me ha gustado eso de «señor sheriff». Puedes llamarme así siempre que quieras.

Mari Carmen apareció con varias cartucheras llenas de balas.

Mi padre y ella se las pusieron sobre los hombros.

—¿Qué vais a hacer? —pregunté.

—Traer de vuelta a Santi —dijo mi padre.

—¿Pero cuál es el plan? —preguntó Susana—. En estos casos conviene siempre tener un plan.

—Bueno, a ver —dijo pensativo mi padre—. El plan es plantarnos delante de esos cuarenta forajidos y liberar a tu hermano. Si no es por las buenas, será por las malas.

—Así se habla, Sebastián Balbuena —dijo Mari Carmen—. Se van a enterar esos cuarenta de cómo las gastamos en Moratalaz.

Mi padre y Mari Carmen bajaron con decisión las escaleras del porche.

—Papá —dije.

—¿Qué?

—Nada, una tontería. Es que me acabo de dar cuenta de una cosa —seguí—: que eso que decías siempre de que no echas de menos una cosa hasta que la pierdes... En realidad te referías a mamá, ¿verdad?

Mi padre me miró sorprendido.

Supongo que no se esperaba aquello.

Noté que mi hermana también me miraba.

Por una vez, se quedó callada y no hizo ningún comentario sobre lo que yo había dicho.

—No me gustaría que te pasara algo —dije.

—No te preocupes —dijo mi padre—. Mamá era una mujer increíble, y vosotros sois maravillosos. Te prometo que traeré a tu hermano de vuelta sano y salvo. No nos va a pasar nada.

Sin más, los dos se alejaron con paso firme.

Con sus rifles en las manos.

Y nos dejaron allí.

A cargo del doctor Morgan.

Que en esos momentos se había quedado dormido debajo de la ventana, sobre un banco de madera.

Dentro de la cárcel, Derryll Smith se debatía entre la vida y la muerte.

Vi las figuras de mi padre y de Mari Carmen perderse por las calles de Black Rock.

Con sus rifles.

Seguramente tendrían que usarlos esa noche.

En el salvaje Oeste, todo el mundo peleaba.

Por un trozo de tierra.

Por un poco de oro.

Por un caballo.

Por unas reses.

Casi cualquier motivo era bueno para sacar las pistolas y disparar.

La gente peleaba y huía y viajaba de un sitio a otro buscándose la vida.

Pensando únicamente en llegar vivos al día siguiente.

Como fuera.

Y donde fuera.

Toro Inquieto, por ejemplo, pertenecía a una tribu de indios nómadas, que se movían por las llanuras siguiendo a los bisontes o escapando de los colonos.

Nazarius había caminado durante días con una cadena colgando del brazo, huyendo de su lugar de nacimiento.

Billy había llegado de Europa siendo un bebé, a bordo de un barco cargado de inmigrantes.

Incluso Alicia era hija de una maestra que había dado clase ya en más de una docena de pueblos y ciudades diferentes.

Aquella noche, mientras estábamos en el porche esperando, hablamos de eso y de muchas otras cosas.

Hablamos de praderas, de lugares lejanos, de nuestros antiguos hogares...

Los siete parecíamos sentirnos lejos de casa por un motivo u otro.

Y los siete parecíamos echar algo de menos.

–Yo no echo de menos el lugar donde vivía –dijo Nazarius–. A quienes echo de menos es a mis padres. Cuando me separaron de ellos yo tenía tres años. Daría cualquier cosa por volver a verlos.

–Pues yo echo de menos la tarta de chocolate que nos daban en el colegio al que iba cuando era pequeña –dijo Alicia–. Todos los días nos daban una tarta buenísima para merendar, nunca la olvidaré... Y luego jugábamos a muchas cosas... A lanzarnos cuchillos los unos a los otros, sobre todo. Después, los apaches arrasaron la escuela y mi madre tuvo que hacer la maleta para buscar trabajo en otros pueblos.

Todos la miramos sin atrevernos a decir nada.

Solo imaginar un colegio donde los niños y las niñas se lanzaban cuchillos afilados en lugar de bolas de papel hizo que un cosquilleo me recorriera el cuerpo.

—Dicen que en el saloon de Black Rock tienen la mejor tarta de chocolate de todo el Oeste —dijo Billy, mientras se le hacía la boca agua.

—No creo que sea tan buena como la de mi antiguo colegio —dijo Alicia.

—Me parece que nos vamos a quedar sin saberlo —dijo Susana—. Los niños no pueden entrar al saloon.

—Yo echar de menos río grande —dijo Toro Inquieto—. Bañarnos y nadar y montar canoas.

Por lo visto, hacía dos años que los sioux se habían visto obligados a abandonar las riberas del río Misuri.

Los tratados con los blancos cada vez les daban peores condiciones y peores territorios a los indios.

—Yo echo de menos el fuerte Edison —dijo Billy—. Mis padres eran los encargados de la despensa, y los soldados me dejaban izar la bandera en el mástil todas las mañanas. También me dejaban tocar la trompeta del sargento algunos días. Una noche, unos cazadores de recompensas lo atacaron y lo incendiaron. Mi familia se salvó por muy poco.

—Qué bonito eso de tocar la trompeta con los soldados —dijo Susana, y después me miró a mí—. Pues yo echo de menos mi antigua habitación, cuando dormíamos los tres juntos: Santi, Sebas y yo. Aunque yo era la única chica y la más pequeña y muchas veces nos peleábamos, me encantaba estar en aquella habitación con mis dos hermanos. Nunca lo había dicho, porque se supone que tener una habitación para mí sola es mucho mejor y todo eso. Pero como estamos aquí, en esta noche tan bonita y tan emotiva y tan lejos de casa, pues lo he contado, hala.

—Menuda sorpresa —dije.

—Si se lo cuentas a alguien, te acordarás de mí —dijo mi hermana.

—Yo echo de menos el autobús del colegio —dijo María.

—¿Eh?

—Sí —dijo ella—. El autobús que nos recogía cada mañana y nos llevaba al colegio. Después hubo cambios y dijeron que ya no era rentable el autobús, y cada uno tuvo que empezar a ir por su cuenta.

—Un autobús es como una carreta de caballos, pero en Moratalaz —dijo Susana a nuestros nuevos amigos.

Escuchando a María, recordé perfectamente la primera vez que la vi.

Fue justo en aquel autobús del colegio.

El primer día de clase de hace dos años.

Ella era nueva.

Subió al autobús, caminó por el pasillo y, aunque había otros sitios libres, me miró y me dijo: «¿Puedo sentarme a tu lado?».

Yo no pude contestar.

Vi aquella sonrisa.

Y sus hoyuelos.

Y lo único que pude hacer fue mover la cabeza afirmativamente.

Desde entonces habíamos ido juntos cada mañana en aquel autobús. Y habíamos compartido muchas cosas.

Hasta que lo suprimieron.

–¿Y tú, Cuatro Ojos? –preguntó Billy–. Estás muy pensativo. ¿Qué echas tú de menos?

Me encogí de hombros.

–No sé...

Los miré.

Todos me observaban.

En ese momento supe qué era lo que más echaba de menos.

Lo que más echaba de menos no era mi hogar.

Ni mi colegio.

Ni siquiera mis amigos.

Nada de eso.

Era...

A mi madre.

Esa es la verdad.

La echaba mucho de menos.

Aunque nunca lo dijera.

Pero aquella noche, al pensar en ella, no me puse triste.

Al revés.

Me pregunté una cosa.

¿Qué habría hecho mi madre en esta situación?

Y por primera vez en mucho tiempo, supe claramente qué tenía que hacer.

Me puse en pie y, mirando a los demás, dije:

—¿Vamos a quedarnos de brazos cruzados mientras cuarenta confederados y quinientos guerreros sioux atacan el pueblo?

—Tch, tch, tch. Eso es exactamente lo que pensaba hacer —respondió Billy—. Quedarme sentado tranquilamente.

—Es la costumbre aquí —dijo Alicia—. Cada uno va a lo suyo.

—¿No os dais cuenta de que ese es el problema? —pregunté—. Si estamos unidos, tal vez podemos hacer algo para que los malos no se salgan con la suya.

—Eso de estar todos unidos es lo que decía siempre mamá —dijo Susana.

—¿Pero quién ser malos? —preguntó Toro Inquieto—. Sioux ser buenos.

—Ya, ya, muy buenos, pero van a atacar el pueblo —dijo Billy.

—Ellos no empezar —respondió.

—¡Hombre! Yo creo que para malos, malos, los cuarenta confederados —dijo Nazarius.

—Aquí hay para todos —dijo María—. Hace un rato, unos vaqueros casi se cargan a mi madre en el saloon solo porque no quería bailar. No creo yo que esos tipos sean unos santos precisamente.

—Y la alcaldesa, que también tiene lo suyo —dijo Susana.

—¡Pues anda que el Reverendo Garrett! —dijo Billy—. Podría contaros cada historia que ya, ya...

—Entonces, ¿en qué hemos quedado? ¿Que son todos malos? —preguntó Nazarius.

—Que no —dije yo—. Nos estamos desviando del tema. El asunto es hacer algo todos juntos. Yo, desde luego, lo voy a intentar.

Bajé del porche y di unos pasos sobre la calle principal de Black Rock.

Decidido.

Después me giré hacia mis amigos y pregunté muy solemne:

—¿Venís conmigo?

Ellos no parecían muy convencidos.

Ninguno se movió.

Pero entonces se escuchó una voz que venía de la cárcel.

—El forastero tiene razón —dijo.

Allí estaba el viejo doctor Morgan.

Tocándose la calva.

—A mí me da lo mismo. Pero vamos, que tiene toda la razón —añadió el doctor—. Hace mucho tiempo que nadie ayuda a nadie por estas tierras. Tal vez ha llegado el momento de que eso empiece a cambiar.

—Perdón —dije levantando la mano—. ¿Lo de forastero iba por mí?

—Bueno, por ti y por todos en realidad —respondió mientras sacaba su petaca—. Aquí, el que más y el que menos viene de lejos y ha dejado atrás su hogar. Que yo sepa, ninguno de vosotros ha nacido en Black Rock. Bueno, y ya está bien de charlas, que es muy tarde. Me voy a tomar un trago y a echar un vistazo a ver cómo sigue Derryll.

El doctor bebió de su petaca y entró en la cárcel.

Por un momento, nos quedamos en silencio.

Mirando el pueblo delante de nosotros.

Yo seguía en medio de la calle.

Esperando a ver si los demás me seguían.

–Tiene razón el doctor –dijo Alicia–. Todos aquí venimos de muy lejos.

–Qué sabrá ese viejo –dijo Billy.

–Bueno, ¿entonces qué hacemos? –preguntó Nazarius.

María dio un paso y se puso a mi lado.

–No sé muy bien qué pretendes hacer, Sebas, pero no te voy a dejar solo –dijo.

A continuación, Alicia también se unió a nosotros.

–Venga, puede ser divertido –dijo mirándome–. Además, os vendrá bien alguien que sepa manejar los cuchillos.

Nazarius también bajó a la calle.

–Por primera vez en toda mi vida, alguien se ha portado bien conmigo. Estoy con vosotros –dijo.

Toro Inquieto dio un salto y se puso a nuestro lado.

–Yo, Toro Inquieto. Hijo gran jefe Alce de la Montaña. Yo siempre estar preparado para batalla.

Susana suspiró.

–Cuando le cuente esto a Pakete le va a encantar –dijo.

Y después bajó también a nuestro lado.

–¿Quién es ese Pakete? –preguntó Billy.

–No te pongas celoso, Billy –respondió mi hermana–. Solo es un viejo amigo. Agua pasada.

Los seis miramos ahora a Billy el Niño.

Era el único que permanecía en el porche.

Él también nos miró.

–No me miréis así. A mí me gusta ir por libre –explicó.

Después acarició la culata de su revólver.

Se tocó el ala de su sombrero.

–¡Está bien, maldita sea! –exclamó Billy–. ¡Sois unos bichos raros, que lo sepáis!

Y él también bajó a la calle y se puso a nuestro lado.

–En marcha –dije.

Los siete nos encaminamos hacia el interior del pueblo.

Decididos.

Teníamos que encontrar la forma de regresar a casa.

Pero antes teníamos que resolver unas cosillas.

Rescatar a mi hermano.

Impedir que los sioux arrasaran el pueblo.

Y detener a cuarenta forajidos.

–¿Pero tenemos un plan? –preguntó Susana.

–Más o menos –dije yo.

22

La situación era la siguiente.

Quedaba muy poco para que saliera el sol.

A las afueras del pueblo se encontraban cuarenta rebeldes confederados armados hasta los dientes.

Tenían dos cañones.

Fusiles de todos los tamaños.

Y pistolas enfundadas en sus cartucheras.

La mayoría sujetaban grandes antorchas encendidas.

Atado a la silla de un caballo, llevaban a un chico de quince años.

Mi hermano Santi.

Los confederados se habían puesto pañuelos que les cubrían prácticamente todo el rostro.

Delante de ellos, desafiándolos, un hombre y una mujer de Moratalaz.

Sebastián Balbuena y su vecina Mari Carmen.

Ambos llevaban sendos rifles.

Sebastián dio un paso al frente.

—Soy el nuevo sheriff —dijo mi padre—. Les pido por favor que suelten a ese chico, si no quieren que los detenga y los meta en la cárcel ahora mismo.

Silencio.

Ni una sola de aquellas cuarenta figuras se inmutó.

—A lo mejor no te han oído bien, Sebastián —dijo Mari Carmen.

Un segundo después, uno de los confederados bajó su pañuelo.

Dejando al aire su rostro y su enorme mostacho.

—Le ofrezco un trato, sheriff —dijo desde su caballo—. Usted me entrega al chico negro que están protegiendo. Después, nosotros soltamos a este muchacho blanco, y dejamos que usted y su familia salgan de aquí. A continuación, colgamos de un árbol al negro. Y para terminar, arrasamos el pueblo y nos cargamos a todo bicho viviente, para que la gente recuerde que no se puede dar cobijo a un esclavo fugitivo.

—¿Y si no le entregamos al chico negro? —preguntó mi padre.

El bigotes escupió al suelo.

–En ese caso, ocurrirá lo mismo pero en orden inverso –dijo–. Primero arrasaremos el pueblo y mataremos a todos. Y, para terminar, encontraremos y colgaremos a ese negro. ¡Ah! Y en esta segunda opción, su familia muere. A nosotros nos da un poco lo mismo, usted elige.

Se levantó un ligero viento que venía del desierto.

La tormenta se estaba acercando.

El Valle de los Profetas se mostraba majestuoso detrás de ellos.

–¿Qué va a ser, sheriff? –volvió a preguntar el confederado–. ¿Opción uno u opción dos?

Mi padre y Mari Carmen se miraron.

–Verá, señor confederado –dijo Mari Carmen–. Venimos de un sitio que se llama Moratalaz. Allí, a los tipos como ustedes los llamamos pandilleros y los metemos entre rejas. Preferiría dejar que nos arrancaran la piel a tiras antes que entregarle ningún niño, negro o blanco.

Mi padre miró admirado a Mari Carmen.

Y añadió:

–Ya te digo.

–Si uno deja que las mujeres tomen las decisiones, pasan estas cosas –dijo el bigotudo–. Usted lo ha querido.

Se subió el pañuelo de nuevo.

Y levantó la mano.

Los cuarenta de Wallace se prepararon para iniciar el ataque.

Pero entonces...

Justo en ese momento...

Una cegadora luz blanca nos deslumbró a todos.

No era una luz que viniera del cielo.

Era una luz que venía de...

¡La máquina de tormentas!

Sobre una colina apareció Cobb, el herrero.

Transportando en un gigantesco carromato su máquina.

Volvió a tocar los botones...

¡Y la luz nos cegó otra vez!

Los caballos de los confederados relincharon.

Algunos jinetes perdieron el equilibrio y cayeron al suelo.

Otros miraban perplejos hacia la colina.

–¿Qué diablos...? –preguntó el jefe de los confederados.

Pero aquello era solo el principio.

Cuando aún no se habían repuesto del susto, apareció alguien más en aquella colina...

Quinientos indios sioux a caballo con sus pinturas de guerra.

Quinientos guerreros sedientos de venganza.

Los confederados que habían caído se apresuraron a subir a sus caballos, asustados, preparándose para enfrentarse con los indígenas.

Sin embargo, no era eso lo que iba a ocurrir.

Se escuchó un disparo que venía del pueblo.

Los confederados volvieron a girar sus rostros.

Allí estaban.

Más de cien vaqueros con pistolas y rifles surgieron de las calles de Black Rock. Eran los mismos que hacía un rato bebían y gritaban en el saloon.

A su lado aparecieron otro centenar de colonos, hombres y mujeres de distintas edades, que llevaban escopetas de caza, cuchillos e incluso rastrillos.

Al frente de todos ellos, la alcaldesa, Vienna Miller.

Y a su lado, el Reverendo Garrett, que era quien había disparado al aire.

Garrett cruzó una mirada con mi padre.

—Ya he dicho que no me gusta que maltraten a mis empleados —dijo Garrett.

—¿Pero quién ha avisado a todo el mundo? —preguntó Mari Carmen, sorprendida.

La respuesta apareció sobre la máquina del herrero.

Encima de aquella extraña máquina de tormentas, aparecieron siete niños.

Un esclavo de origen africano.

Un indio sioux.

Un emigrante irlandés.

Una rubia aficionada a los cuchillos.

Y tres niños de Moratalaz.

Los siete nos miramos.

Cobb, sentado un poco más abajo, parecía disfrutar del espectáculo.

—Es la primera vez que veo a la gente de este pueblo unida por algo —dijo.

Uno de los confederados nos señaló al vernos.

—¡Ese negro es un fugitivo! —dijo el soldado—. ¡Su nombre es Samba! ¡Vamos a cogerle y nos iremos de aquí en paz! ¡Esta noche no tiene por qué morir nadie más! ¡Habéis tenido suerte!

Entonces yo di un pequeño paso sobre la máquina.

–¡Se equivoca completamente, señor confederado! –grité–. ¡Este niño se llama Nazarius! ¡Y es muy bienvenido entre nosotros! ¡Esto es Black Rock y aquí nos encantan los forasteros!

Cobb, el herrero, sacó sus herramientas.

Y allí, delante de todos, delante de aquellos confederados, rompió de un golpe seco la cadena de Nazarius.

Por fin, nuestro amigo pudo levantar su brazo libre de cadenas.

Señaló a los cuarenta de Wallace y dijo:

–Mi nombre es Adam Nazarius Scott.

El viento helado del desierto se hizo más presente.

El amanecer estaba muy cerca.

Faltaban solo unos minutos para que estallara la tormenta.

Añadí:

–¡Aquí los únicos fugitivos fuera de la ley son cuarenta bigotudos asesinos! ¡Y esta noche van a pagar por sus crímenes!

Otro de los confederados se bajó el pañuelo y dijo desde su caballo:

–¿Es que ese niño habla en nombre de todos? –preguntó–. ¿Se han vuelto completamente locos en este pueblo? ¿Mujeres y niños y negros y sioux amenazando a soldados blancos? ¡Esto es inadmisible!

–Pues ya puede acostumbrarse –respondió Vienna Miller–. Soy la alcaldesa de Black Rock, y en lo que respecta a mí y a todos los hombres y mujeres de este pueblo, ese niño habla en nuestro nombre.

Después, el gran jefe sioux Alce de la Montaña también dijo algo en su lengua.

Por supuesto, no entendimos nada de lo que dijo.

Toro Inquieto tradujo:

–Gran jefe decir: «Cuatro Ojos también hablar en nombre pueblo sioux».

Toro Inquieto había convencido a los suyos para que antes de arrasar el pueblo y entrar en una guerra sangrienta, acudieran a esa colina.

Les prometió que allí encontrarían a los que habían atacado su poblado.

Y les prometió también que se haría justicia.

Crucé una mirada con Vienna Miller.

Y con Alce de la Montaña.

Después miré a los cuarenta soldados rebeldes y dije:

–Les propongo un trato. Primero, sueltan a mi hermano, que es ese chico que tienen atado a un caballo. Después, entregan las armas. A continuación, el sheriff los detiene y los lleva a la cárcel. Por último, los juzgarán y pagarán por todos sus crímenes.

El confederado me miró desafiante.

–¿Y si no aceptamos?

Yo sonreí.

–Si no aceptan, entonces ocurrirá lo mismo, pero en orden inverso –dije–. Primero pagarán por todos sus crímenes, ya que quinientos guerreros sioux y doscientos vaqueros y colonos los atacarán sin cuartel hasta matarlos. Son más de setecientos contra cuarenta, así que ya se pueden imaginar el resultado. Después, el sheriff requisará sus armas. Y por último, liberaremos a mi hermano. ¡Ah! En esta segunda opción, ustedes no pasarán por la cárcel: irán directamente al cementerio. A mí y a mis amigos nos da igual. Usted elige.

Creo que había sido el discurso más largo que había dado en toda mi vida.

–Tch, tch, tch. Bien dicho, Cuatro Ojos –dijo Billy el Niño.

Todos los presentes.

Hombres.

Mujeres.

Niños.

Fueran de donde fueran.

Se prepararon para el combate.

Los confederados se miraron entre sí.

No tenían escapatoria.

El bigotes que parecía el cabecilla tiró su fusil al suelo.

A continuación, se desabrochó la cartuchera y también la dejó caer junto con la pistola.

Y levantó las dos manos.

El resto de soldados confederados hicieron lo mismo.

¡Se habían rendido!

¡Por primera vez, una extraña coalición de indios y blancos había derrotado a unos soldados asesinos!

¡Y sin derramar una gota de sangre!

Algo estaba cambiando en aquel lugar.

Colonos y vaqueros se abrazaron y gritaron de alegría.

Los sioux hicieron sus gritos rituales, celebrando la victoria.

Nosotros siete levantamos los brazos y también gritamos.

Aquel fue el fin de los cuarenta de Wallace.

Aunque no el fin de esta historia.

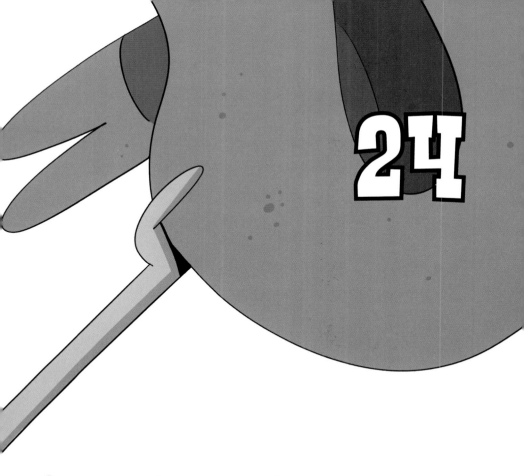

24

Ese amanecer, aún ocurrieron muchas cosas.

El sheriff Sebastián Balbuena encerró en la cárcel a cuarenta confederados.

Como no cabían en la única celda de Black Rock, a muchos de ellos tuvieron que meterlos en el cobertizo.

Un viejo cobertizo a las afueras del pueblo.

El mismo lugar donde nosotros siete nos habíamos conocido.

Donde habíamos dormido la primera noche.

Allí organizaron un sistema de vigilancia entre los habitantes del pueblo para que los presos no escaparan.

Y pusieron un telegrama a Fuerte Concordia para que vinieran a llevárselos.

Muy pronto serían juzgados y pagarían por sus crímenes.

–Buen trabajo, sheriff –dijo Vienna Miller–. A lo mejor dura usted un poco más que sus predecesores.

–Bueno, solo llevo unas horas en el cargo –respondió mi padre tocándose la estrella en la solapa.

–Eso aquí ya es mucho tiempo –dijo ella.

La alcaldesa dio una calada a su cigarro y se fue calle arriba hacia el saloon.

Mari Carmen, que estaba al lado de mi padre, le preguntó:

–¿Te gusta esa mujer?

–¿A mí? ¿Pero cómo puedes decir eso?

–Yo no digo nada –dijo Mari Carmen–, pero he visto cómo la mirabas, y por eso te lo pregunto.

–En absoluto –dijo mi padre, que ya se estaba poniendo nervioso–. Vamos, que no, que yo no la miraba de ninguna forma. En todo caso, la miraba como un sheriff miraría a la alcaldesa del pueblo, ni más ni menos.

–Sebastián Balbuena, que nos conocemos...

Al mismo tiempo, mientras asomaban los primeros rayos del sol, en otro lugar del pueblo alguien abrió los ojos.

Derryll Smith parpadeó.

Había sobrevivido.

Tenía el cuerpo agujereado, y aún tardaría bastante en recuperarse, pero estaba vivo.

El doctor Morgan le miró asombrado.

—Es la primera vez que veo a alguien sobrevivir después de recibir una docena de balazos —musitó.

Derryll dijo algo.

Estaba muy débil.

Había perdido mucha sangre.

No se le entendía muy bien.

—¿Qué has dicho? —preguntó Morgan acercándose a la cama.

Derryll Smith sacó fuerzas de algún lugar y pronunció sus primeras palabras:

—He dicho que me des un trago de ese whisky tuyo, maldita sea.

El doctor sonrió.

A continuación, sacó su petaca de la chaqueta.

Y la compartió con aquel viejo amigo que había sobrevivido milagrosamente.

Así se hacían las cosas en Black Rock.

En ese mismo instante, mientras el horizonte tomaba un color anaranjado y el viento soplaba con más fuerza, mi hermano Santi se acercó a un pistolero de leyenda.

Santi miró al Reverendo Garrett.

—Gracias —dijo mi hermano—. Por venir a salvarme. Si usted no hubiera venido, seguro que los demás no se habrían atrevido.

—Mira, chico —dijo Garrett—. A quien deberías dar las gracias de verdad es a esos siete críos. Y, sobre todo, a quien deberías dar las gracias es a tu padre y a esa vecina vuestra. Ellos dos solos se han enfrentado con cuarenta forajidos armados hasta los dientes sin saber que íbamos a acudir en su ayuda.

Santi parecía desconcertado.

—¿Tengo que darle las gracias a mi padre y a Mari Carmen? ¿Y a esos siete mocosos también? —preguntó contrariado.

—Ellos son quienes te han salvado la vida.

—Prefería pensar que había sido un pistolero de leyenda.

Garrett le observó.

—Por suerte, querido muchacho, la vida nos sorprende —dijo Garrett—. No deja de sorprendernos, una y otra vez.

Ahora sí se podía ver el sol asomando por el horizonte.

El viento cada vez soplaba con más y más fuerza.

Ese mismo viento se llevó por los aires... el sombrero del Reverendo Garrett.

Santi salió corriendo detrás del sombrero.

En cuestión de segundos, aparecieron unas enormes nubes oscuras.

Unas nubes que cubrieron el cielo sobre Black Rock y sobre el Valle de los Profetas.

–¡Esto se pone interesante! –gritó Cobb–. ¡La tormenta eléctrica está a punto de empezar!

¡No había tiempo que perder!

¡Si queríamos regresar a casa, había que intentarlo!

¡Teníamos que ponernos justo debajo de la tormenta!

—A mí las tormentas no te creas que me gustan mucho —dijo Billy el Niño.

—No te preocupes —dijo enseguida Susana, cogiéndole de la mano—. Yo soy una especialista en tormentas eléctricas.

Cobb dirigió su máquina hacia aquellas nubes oscuras, moviéndola sobre la colina, tocando botones y válvulas sin parar, preparándose para recibir la gran tormenta.

Nazarius, Alicia y Toro Inquieto se colocaron detrás de la máquina.

El cielo cada vez estaba más y más negro.

Se escuchó el primer trueno a lo lejos.

Sobre aquella colina, mi padre, mi hermano, mi hermana, mi vecina María, su madre Mari Carmen y yo mismo nos subimos en nuestras seis kawasakis rojas.

Y de inmediato, nos pusimos en marcha.

Directos hacia la tormenta.

¡Directos hacia Moratalaz!

—¡Buena suerte! —gritó Cobb—. ¡Y mucho cuidado con los rayos!

—¿Por qué van hacia la tormenta? —preguntó Alicia.

—No tengo ni la más remota idea —respondió Cobb—, pero me encanta. ¡Nunca había visto algo así!

—Son muy raros estos forasteros —dijo Billy el Niño.

—¡Adiós, Black Rock! —grité yo, que iba en cabeza junto a María.

Los demás nos seguían.

Todos pedaleábamos con fuerza.

Yo miré a María, que, como ya he dicho, iba en su bicicleta justo a mi lado.

Los dos seguíamos por delante del grupo.

Ella me sonrió.

Aparecieron una vez más sus hoyuelos.

Yo también sonreí.

Comenzaron a caer rayos y relámpagos sobre nuestras cabezas, muy cerca de nosotros.

Si dos días antes alguien me hubiera dicho todas las cosas que iban a ocurrir, no me habría creído ni una palabra.

Allí estaba yo.

En medio del Valle de los Profetas.

Subido a mi Kawasaki 3W2.

En el año 1870.

Bajo una gran tormenta eléctrica.

Mirando a mi vecina María.

Estaba muy feliz.

Esa es la verdad.

Tanto...

¡Que no escuché los gritos de Cobb y del resto!

El herrero y Nazarius y Billy y Alicia, y sobre todo Toro Inquieto, hacían gestos con las manos y nos gritaban.

Entre el ruido de la tormenta, y que estaba pedaleando a toda velocidad, y que estaba tan feliz... pensé que simplemente nos estaban saludando con las manos.

Pero no.

No era eso.

Era otra cosa.

–¡Por ahí no, Cuatro Ojos! –gritó Billy.

–¡Nooooooo! –gritó Cobb.

–¡Lugar sagrado para sioux! –gritó Toro Inquieto, muy nervioso–. ¡No pasar!

Mi padre detuvo su bicicleta.

Y mi hermano.

Y mi hermana Susana.

También Mari Carmen.

Pero María y yo no escuchamos nada porque nos habíamos adelantado varios metros...

¡Y seguimos adelante!

Pedaleando con todas nuestras fuerzas.

—¡Lugar sagrado prohibido! —gritó Toro Inquieto una vez más.

¿Eh?

¿Lugar sagrado?

¿Para los sioux?

En ese momento me di cuenta de que a nuestro alrededor, clavados en el suelo, había unos palos de madera muy largos con adornos indios.

María y yo nos miramos.

—¡Cementerio de antepasados sioux! ¡Tú no pasar!

Ahora sí escuchamos claramente lo que decía Toro Inquieto.

Demasiado tarde.

Nos habíamos metido con las bicicletas dentro de un cementerio sagrado donde, según ellos, reposaban los espíritus de los grandes jefes sioux.

Un lugar que ningún rostro pálido podía pisar.

Y mucho menos, entrar en bicicleta.

Era una falta de respeto.

Una afrenta.

Un delito.

Castigada, según las costumbres sioux... ¡con la pena de muerte!

Lo voy a repetir, por si alguien no lo ha entendido.

¡El castigo por pisar aquel cementerio sioux era la muerte!

¿Cómo iba a saber yo algo así?

Si aquel valle, a primera vista, era todo igual...

Desierto y tierra por todas partes.

De acuerdo: había unos postes con plumas enormes y señales fúnebres.

¿Pero quién se iba a fijar en esos postes pudiendo mirar los hoyuelos de María?

Solo éramos dos niños despistados.

Que habíamos cruzado un lugar sagrado y prohibido sin saberlo.

Todo eso les dio igual a los indios sioux.

Alce de la Montaña levantó su hacha.

Dio el grito de guerra.

Inmediatamente...

¡Quinientos guerreros sioux se lanzaron al galope detrás de nosotros!

MARÍA Y YO PARAMOS NUESTRAS BICICLETAS, ASUSTADOS Y SORPRENDIDOS...

... Y ENTONCES DESCUBRIMOS EL MOTIVO DE SU HUIDA:
¡UNA ESTAMPIDA DE MILES DE BISONTES VIENE HACIA NOSOTROS!

NOS VAN A APLASTAR.

NUNCA HE HECHO MANITAS CON RAQUEL PASTOR, DE 5º B.

SIN EMBARGO, EN ESE MOMENTO...
CAE DELANTE DE NOSOTROS UN RAYO DESCOMUNAL.

TAN GRANDE QUE INCLUSO
CON LOS OJOS CERRADOS
PUEDO SENTIR LA LUZ
DE ESE RAYO.

TAN GRANDE QUE...

¡LOS BISONTES SE ASUSTAN Y CAMBIAN INMEDIATAMENTE DE DIRECCIÓN!

¡LA TORMENTA NOS HABÍA SALVADO!

–¿Estáis bien? –preguntó Mari Carmen acercándose a nosotros.

María y yo nos miramos.

–Creo que sí –dijo María.

–¿No nos han aplastado los bisontes? –pregunté.

–No, enano –dijo Santi–. Has tenido mucha suerte.

–Ya te digo –dijo mi padre–. Casi se me sale el corazón por la boca cuando he visto que esos bichos iban directos hacia vosotros.

Levanté la mirada.

Los bisontes eran una nube de polvo a lo lejos.

En ese momento, un gran relámpago inundó con su luz el valle.

Y a los pocos segundos, un nuevo trueno hizo retumbar el suelo.

La tormenta continuaba sobre nuestras cabezas.

Al fondo, Cobb y el resto nos miraban desconcertados.

También los sioux nos observaban en la distancia con cara de pocos amigos.

–¿Qué hacemos ahora? –preguntó Susana.

Mari Carmen puso sus pies sobre los pedales de la bicicleta.

–¿Lo intentamos? –preguntó.

–¿Otra vez? –dije yo.

–Ya habéis oído al herrero –insistió Mari Carmen–. Es la tormenta más grande de todos los tiempos. Puede ser nuestra última oportunidad de regresar a casa.

–A mí me gusta el Oeste –protestó Santi.

–Y a mí –dijo Susana.

–A todos nos gusta mucho –dijo mi padre tocándose su estrella de sheriff–, pero no pertenecemos a esta época. Tiene razón Mari Carmen: nuestro sitio está en Moratalaz.

Los seis nos miramos.

Black Rock era un sitio increíble.

Sin embargo, no podíamos quedarnos allí para siempre.

Nuestra casa estaba en otro sitio.

Y además, podíamos alterar el curso de la historia si continuábamos en aquel lugar.

Puede que no lo consiguiéramos.

Pero teníamos que intentarlo.

Nuestro hogar nos esperaba.

Ante los ojos atónitos de todos, emprendimos la marcha sobre nuestras seis kawasakis rojas.

Pedaleando con fuerza.

Era posible que no llegáramos a ninguna parte.

Incluso corríamos el riesgo de que nos cayera un rayo en la cabeza.

Aun así, estábamos decididos.

Esta vez era mi padre el que iba en cabeza, pedaleando con toda su alma.

A su lado, Mari Carmen.

Y detrás, nosotros cuatro.

A lo lejos, crucé una mirada con Billy el Niño, Alicia Maravillas, Toro Inquieto y Nazarius.

Si conseguíamos nuestro objetivo, puede que no volviera a verlos nunca.

Me dio mucha pena pensarlo.

Les hice un gesto de despedida con la mano.

Ellos respondieron, sin saber muy bien qué estaba ocurriendo.

Respiré hondo y seguí adelante.

Mientras el cielo se oscurecía más y más y el viento soplaba con fuerza, avanzábamos a toda velocidad.

−¡Moratalaz, allá vamos! −gritó Mari Carmen a pleno pulmón.

–¡Ya te digo! –gritó también mi padre.

Las kawasakis iban al límite.

Parecía que iban a explotar.

Tal vez aquella tormenta nos podría llevar de regreso a casa.

Tal vez podríamos viajar en el tiempo y el espacio hasta Moratalaz.

Tal vez.

Era una posibilidad.

Quién sabe.

La tormenta del Valle de los Profetas estaba siendo memorable.

Rayos y truenos caían por todas partes a nuestro alrededor en aquel oscuro y extraño amanecer.

Nunca lo olvidaré.

No sé si era la tormenta más grande de la historia.

Pero puedo asegurar que fue espectacular.

Al cabo de unos minutos, estábamos agotados.

–¿Hasta cuándo tenemos que seguir pedaleando? –preguntó Susana.

–Esto no sirve para nada –dijo Santi–. En el supermercado todo ocurrió muy rápido.

Por una vez, mi hermano tenía razón.

Supongo que los agujeros negros son así.

Aparecen cuando menos te lo esperas.

No cuando tú quieres.

Giré la cabeza y miré a María, que seguía pedaleando.

Ella también parecía muy cansada.

Cuando ya estábamos a punto de darnos por vencidos...

Sucedió.

De pronto.

No sé de dónde salió aquel relámpago.

Es muy difícil de explicar.

No parecía un relámpago que cayera del cielo.

Más bien parecía lo contrario.

Ya sé que es imposible, pero parecía un relámpago que venía del centro de la Tierra.

Una luz blanca cegadora cruzó el desierto.

Inundó el valle entero.

Con una fuerza fuera de lo común.

La luz blanca venía acompañada de un sonido.

Un ruido ensordecedor.

Algo parecido a un zumbido muy agudo.

Entonces... el suelo desapareció debajo de nosotros.

Sentí una presión en todo el cuerpo.

Por si acaso, no dejé de pedalear.

Me costaba respirar.

No se veía nada alrededor.

Mi familia había desaparecido.

Ya conocía esa sensación.

Era casi igual que la otra vez.

Era como si el tiempo y el mundo entero se detuvieran de pronto.

Era como si estuviera flotando en mitad de ninguna parte.

Era...

¡El agujero negro!

¡Estábamos viajando en el tiempo!

¡Lo habíamos conseguido!

Todo sucedió muy deprisa.

Sentí un nudo en el estómago.

Y empecé a caer.

Caí...

Caí...

Caí...

Y de repente, todo se detuvo.

En muy pocos segundos.

Aterricé de golpe.

Seguía subido a mi Kawasaki 3W2.

Agarrado a los manillares.

Me quité las gafas, que estaban totalmente empañadas.

Cuando me las volví a poner, pude ver a mi padre, Mari Carmen, María, Susana y Santi.

Estaban a mi lado.

Subidos a sus bicicletas.

Y con la misma cara de susto que debía de tener yo.

Delante de nosotros, poco a poco, fue apareciendo un campo frondoso, verde, lleno de árboles y de matorrales.

–¿Estamos en Moratalaz? –preguntó María.

Nadie se atrevió a contestar.

Enseguida obtendríamos la respuesta.

Unos arbustos comenzaron a moverse.

De allí llegó el ruido de unas fuertes pisadas.

Unas pisadas metálicas, enormes.

Cada vez estaban más cerca.

Todos miramos en la misma dirección.

Entre los arbustos, apareció.

Un guerrero enorme.

Descomunal.

Vestido con una armadura.

Con una espada gigante en la mano.

Nos miró a través de su casco.

Abrió la boca y dijo:

–Por San Jorge, por el rey Bellido y por todos los dragones voladores del inframundo... ¡Voy a partiros en dos con mi espada!

Levantó el brazo empuñando su gran espada dorada.

Estaba claro que aquello no era Moratalaz.

Habíamos viajado en el tiempo de nuevo.

Pero a un lugar muy distinto.

Un lugar donde la gente llevaba armadura.

Y peleaba con espadas.

Volvíamos a ser forasteros.